Der Totensänger

Peter Siefermann

Mitsch gilt als Sonderling und ist ein Eremit aus Überzeugung. Die Leute im Dorf halten ihn wegen seiner merkwürdigen Gewohnheiten für einen Spinner. Doch ihm ist das gleichgültig.

Eines Tages verändert eine unverhoffte Begegnung sein Leben.

Für alle „Mitschs"

Impressum
Twentysix – der Selfpublishing-Verlag
Eine Kooperation zwischen der Verlagsgruppe **Random House** und
BoD – Books on Demand

© 2018 Peter Siefermann

Herausgeber und Verlag
Bod – Books on Demand, Norderstedt

ISBN: 9783740744281

Der Totensänger

Er legte den Gitarrenkoffer aufs Sofa, öffnete ihn, nahm die Gitarre heraus und trocknete sie mit einem weichen Lappen ab. Seine gute alte *Lady*. Er besaß sie schon über dreißig Jahre, und obwohl er seit einiger Zeit eine sogenannte *Meistergitarre* der renommierten Gitarrenbaufirma *Hopf* sein eigen nannte, spielte er überwiegend und bevorzugt auf der alten, treuen Gefährtin. Im Testament, das er aufgesetzt hatte, war verfügt, dass sie dereinst, wenn seine Zeit gekommen war, mit ihm verbrannt werden sollte. Bis dahin jedoch, hoffte er, würde es noch einige Zeit dauern, auch wenn er aktiv wenig dafür tat, die Hoffnung dahingehend zu unterstützen.

Er war am Bach gewesen, unter der einsamen alten Trauerweide, einem seiner Lieblingsorte, nicht mehr als einen Steinwurf von seinem Haus entfernt. Den Rücken an den knorrigen Stamm gelehnt, hatte er für *Dorle* gespielt und gesungen. *Dorle*, eine Ente, die er auf den Tag genau vor zwei Jahren dort gefunden hatte, tot, bereits von Maden befallen, der schönen warmen Augen für immer beraubt. Wie sie ums Leben gekommen war, blieb zwar für immer ein Rätsel, vielleicht war sie einfach nur alt, so wie er sich mit einundfünfzig ebenfalls für alt hielt, aber zwischen Weide und Wasser hatte er sie mühsam, der Wurzeln wegen, am Ufer begraben und ihr den Namen gegeben: *Dorle*. Er fand es nicht gut, wenn jemand, ob Mensch oder Tier, anonym in der Erde ruhen musste, sofern nicht eine dahingehende Willensbekundung existierte, was er bei einer Ente ausschloss.

Als er sich bei der Weide niedergelassen und über den Bach geschaut hatte, war der Himmel in seinem Gesichtsfeld noch blau gewesen, frei jeglicher bedrohlicher Störungen. Dass sich in seinem Rücken eine schwarzblaue Gewitterwand mit schwefelgelben Rändern aufbaute, hatte er erst bemerkt, als ein Windstoß die hängenden Zweige zur Seite wehte, hinter denen er, von der Straße aus gesehen, so gut wie unsichtbar war. Mit einem Donnerschlag setzte der Sturm ein, die Zweige peitschten schmerzhaft über sein Gesicht und schleuderten ihm den leichten Sonnenhut vom Kopf. Dann prasselte der Starkregen hernieder, und weil er mit dem letzten Lied für die Ente *Dorle* nicht fertig gewesen war, waren die Gitarre und er nass geworden. Was hätte *Dorle* auch mit einem abgebrochenen Lied anfangen sollen? Sie liebte den Folk-Song *Donna Donna*, zumindest dachte er das, und sie liebte ihn in voller Länge. Ja, eben. Soviel Zeit musste sein.

Wahrscheinlich war er so in Gedanken vertieft gewesen, dass er dem Geschehen um sich herum wie so oft entrückt war. Das Gurgeln und Glucksen des Baches mochte ein Übriges dazu beigetragen haben, wobei ihm jedoch aufgefallen war, dass die Geräusche des Wassers niemals dieselben waren. Im Entferntesten waren sie sich vielleicht gleich, wenn man sich keine Mühe gab, ihnen zuzuhören. Dem geschulten Gehör allerdings entgingen die feinen Nuancen nicht, mit denen der Bach seine Verse erzählte, und der Sprachschatz des Wassers, so dünkte es ihn, war schier unbegrenzt, war unendlich, war Lyrik in Reinstform. Wie klug und reich musste die Ente *Dorle* gewesen sein, dass sie diesen wunderbaren und so belesenen Ort als ihre Heimat auserkoren hatte.

Zu Hause stellte er die Gitarre *vorsätzlich beiläufig* für einige Minuten ins Sonnenlicht, was gewiss einen Widerspruch in sich beinhaltete, aber er hatte seine Gründe dafür. Ja, und komisch, das Gewitter hatte gerade so lange gedauert, um ihn vom Bach zu vertreiben, um danach wieder einem weiteren unbefleckten Himmel Platz zu machen. Er hatte das Gefühl, dass sich die Gitarre nach dem Licht sehnte, wie eine lebendige Pflanze, ohne es freilich zu wissen oder beweisen zu können, doch pflegte er dieses gewohnte Ritual in dem Glauben, sie danke es ihm mit ihrem speziellen silberhellen Klang. Es hatte Phasen gegeben, zum Beispiel als er selber wegen einer Krankheit siechte, in denen die Gitarre überhaupt nicht klang. Entweder konnte sie nicht, oder sie wollte nicht, jedenfalls versagte sie ihm das Gefolge, möglicherweise aus Solidarität, und er kam nach langen sorgenvollen Stunden zu der Einsicht, dass es in seiner Schuld lag, weshalb es so war wie es war. Denn kaum war er selber einigermaßen genesen und lebensfroh und tüchtig genug, sich ihr zu widmen und sich um sie gebührend zu kümmern, wie er es vor der Krankheit getan hatte, erklang die Gitarre auf einmal wieder in alter gewohnter Reinheit und Qualität, vielleicht sogar besser noch. Die

Sonne war´s, er beschwor es, und was war schon dabei, es schadete ja nicht, und wenn er das Geheimnis für sich behielt, konnte ihm auch keiner etwas nachsagen. Und wenn doch einmal einer käme und sagte, *Hey, du hast deine Gitarre in die Sonne gestellt*, dann würde er so tun, als wäre es aus Versehen geschehen, er würde sich mit der flachen Hand an die Stirn klatschen und sagen *Hast recht, verflixt, das ist das erste Mal, dass mir das passiert ist*, und würde die Gitarre aus dem Sonnenlicht nehmen. Doch konnte er in dieser Beziehung ruhigen Blutes sein: Zu ihm kam nie einer. Nicht zufällig und schon gar nicht gezielt.

Man konnte meinen, es sei ein wunderliches Gebaren, nicht weit von zwanghaftem Verhalten entfernt, vielleicht sogar eine Psychose, aber man konnte nicht sagen, es sei aus den Fingern gesogen, und wenn man ihn einer peinlichen Befragung aussetzen würde, wüsste er es bestimmt zu begründen. Irgendwie.

Er hatte frühzeitig und effektiv dafür Sorge getragen, dass er in seinem Universum nicht gestört wurde. Nicht, dass er außer seiner Person etwas zu verbergen gehabt hätte, beileibe nicht. Bei ihm zu Hause war alles in Ordnung. Es gab keine Leichen im Keller, das kleine Haus war sauber und gepflegt, weder bastelte er Bomben noch sammelte er Waffen, seine sexuellen Neigungen, sofern er überhaupt welche hatte, waren weder abartig noch pervers, und selbst politisch bewegte er sich auf einem linken Level, das man getrost als naiv bezeichnen durfte. Er hatte einfach keine Lust auf Menschen, und manchmal war er sich sogar selbst zu viel.

Letztendlich hatte man ihn im Dorf, in dem er lebte, irgendwie akzeptiert. Er tat schließlich keiner Seele etwas zuleide, und dass er sich aus sämtlichen sozialen Verbindungen, die ein Dorfleben ausmachten und bestimmten, geflissentlich heraushielt, betrachtete manch einer eher als Vor- denn als Nachteil. Was sollte es auch bringen, wenn einer die Zähne nicht auseinanderbrachte, sich jeglicher Gemeinschaft verweigerte, nirgendwo engagiert war und Menschenansammlungen mied wie der Teufel das Weihwasser? Gleichwohl war und blieb er regelmäßig wiederkehrendes Thema diverser Stammtischrunden, in denen mehr oder minder über seinen Lebensstil spekuliert und gewerweißt wurde, ohne jedoch wirklich Erhellendes in die Dunkelheit des ihnen Verborgenen befördern zu können. Ihn direkt anzusprechen wagte indes keiner, und so blieben sein Status, sein Lebenswandel und seine Beweggründe weitestgehend unbekannt. Ihm gefiel das.

Früher war er Polizist gewesen, in *Mannheim*, und er war kein besserer oder schlechterer Polizist als andere, doch hatte er das Pech gehabt, zur falschen Zeit am falschen Ort zu sein. Er war bei einem Einsatz mit seinem Kollegen zu einer Schlägerei gerufen worden, die, vielleicht sogar erst durch ihr Erscheinen, eskalierte. Denn plötzlich hatte sich der Mob zu einer Front gegen sie als Verkörperung der Staatsgewalt vereinigt und sie gnadenlos zusammengeprügelt. Flaschen, Baseballschläger, Fußtritte, genug, um zwei Polizisten außer Gefecht zu setzen. Während sein Kollege glimpflicher davon gekommen war, wurde er und blieb er auf Dauer dienstunfähig, verbrachte zwei Jahre in Krankenhäusern, Reha-Kliniken und bei Psychologen, und wurde mit fünfundvierzig Jahren Frühpensionär. Äußerlich an Leib und Gestalt zwar unversehrt, war er innerlich jedoch beschädigt, ohne dass er es auf einen exakten Nenner bringen konnte. Der Punkt war: Er war nicht mehr derselbe wie früher, doch gab er sich nicht auf, sondern fand für sich ein Lebens-Modell, eine Nische, und wurde, als Ergebnis einer Art Gelübde, einer erweiterten Konsequenz, zu dem, der er heute war.

Sein Häuschen stand ungefähr fünfzig Meter vom Bach entfernt etwas abseits der Straße nach *Durlangen* und war das letzte Gebäude des Dorfes. Für den Zeitungsboten und den Briefträger hatte er neben der Einmündung der Zufahrt zu seinem Grundstück eine mit einem Deckel versehene Kiste aufgestellt. Die Zufahrt nämlich war unbefestigt und bei Regenwetter eine pure Zumutung, die er niemandem aufnötigen wollte. Erreichte man das Grundstück, wurde man links und rechts des Weges von je einer schlanken hohen Pappel empfangen. Das Haus ruhte auf einem dicken Sockel aus Granitblöcken, war aus Backsteinen errichtet und bot die Annehmlichkeit von drei Räumen: Schlafzimmer links, Wohnzimmer rechts, Küche in der Mitte. Bad und WC waren aus Holz errichtet und wie ein Rucksack an die Rückseite des Hauses angehängt. Darin befand sich auch die Waschmaschine. Ins Badezimmer hatte er am meisten Geld investiert, um es einerseits zu isolieren, andererseits zu fliesen. Über den drei Haupträumen befand sich ein Speicher von geringer Höhe, der nur von außen über eine Leiter, die man umständlich anstellen musste, zugänglich war.

Er war vor Jahren aus der Stadt nach hier gezogen, hatte das Häuschen günstig erworben. Es war das letzte Erhaltene einer ehemaligen Arbeitersiedlung gewesen und er hatte es durch den Kauf praktisch vor dem Abriss gerettet. Italienische Steinmetze waren dazumals in den Häusern untergebracht, die ein Steinbruchbesitzer für eben jene hatte errichten lassen, damit die Männer ihre Familien nachholen und sich anhand dieser Aussichten dafür entscheiden konnten, für immer zu bleiben. Es mochte seltsam erscheinen, warum er aus der Stadt aufs Land gezogen war, wo er hier doch nur darum bemüht war, so wenig wie möglich in Erscheinung zu treten oder wahrgenommen zu werden, er hingegen in der Stadt in der relativen Anonymität als Individuum ohnehin nicht aufgefallen wäre. Aber er war vor den Einflüssen, den Eindrücken und den Reizen geflüchtet, denen er in der Stadt unweigerlich ausgesetzt gewesen wäre, dem Lärm, dem künstlichen Licht, den Menschenmassen mit all den dazugehörenden Attributen, deren Auswirkungen sich auch der Härteste und Stärkste nicht hätte entziehen können. Es konnte der Unsichtbarste nicht in Frieden leben, wenn ihm das entscheidende Kriterium fehlte: die Ruhe.

Die Leute nannten ihn den *Totensänger*. Wem sein Name geläufig war, nannte ihn gelegentlich auch *Mitsch*. *Mitsch*, von seinem Vornamen Michael, und nach seinem früheren Faible für die kanadische Singer-Songwriterin *Joni Mitchell*. Beide Male wusste man, wen man damit meinte. Er selber stellte sich, wenn es unumgänglich wurde, mit *Mitsch* vor, was selten genug vorkam, aber immerhin.

Er dachte, die Leute, sie haben recht. Ich bin ein *Totensänger*. Ich kann es nicht leugnen.

Ein Geheimnis hatte er nicht daraus gemacht, hatte es auch nicht zu verbergen versucht. Was zur und in die Welt gehört, sagte er sich, darf die Welt auch sehen, und wenn keiner sich sonst der Sache annahm – er war sich nicht zu schade dafür. *Totensänger*.

So wie er für die Ente *Dorle* sang, sang er auch für andere tote Tiere, die er bei seinen Touren mit dem alten grauen Suzuki Jeep über Land an den Straßenrändern fand, überfahren und einfach in ihrem Blut liegengelassen die meisten, ihrer Identität, ihrer einstigen Würde, die zweifellos jedes einzelne Lebewesen besaß, beraubt, Opfer einer Zivilisation, in der die Tiere keinen Platz und keinen Fürsprecher hatten. Er versuchte, ihnen das bisschen Achtung zurückzugeben, das er glaubte ihnen zumessen zu können, auch wenn er davon überzeugt war, dass es bei Weitem nicht ausreichend war. Auf der Ladefläche seines kleinen Jeeps führte er deshalb immer eine Anzahl stabiler, mit Geweberesten ausgekleidete Kartons, einen Klappspaten sowie seine Gitarre mit. Entdeckte er ein getötetes Tier, hielt an, bettete es in einen Karton, grub mit dem Spaten ein Loch, senkte das Tier hinein und bedeckte die Stelle wieder mit Erde. Dann nahm er die Gitarre, setzte oder stellte sich daneben und spielte und sang für das tote Tier ein Lied aus seinem Repertoire, von dem er annahm, es könnte dem Tier zu dessen Lebzeiten gefallen haben. Er machte keine Unterschiede zwischen Fuchs, Marder, Eichhörnchen, Igel, Vogel, Kröte oder Blindschleiche. Zum Schluss notierte er Art, Tag und Fundort in ein Heft, das er stets mit sich führte, um spätestens am Jahrestag erneut für das Tier singen zu können.

Handelte es sich bei einem toten Tier um eine Katze, versuchte er, falls er sich in sichtbarer Nähe bewohnten Gebiets befand, den Eigentümer auf direktem Weg durch Befragung der Leute zu ermitteln und mit ihnen, falls er fündig wurde, das weitere Vorgehen abzusprechen, wobei er sich anbot, das Tier, wenn gewünscht, am Fundort nach eigenem Ritual zu bestatten. Ungefähr die Hälfte der Befragten vertraute ihm das Tier an. Konnte er auf diesem Weg keine Besitzer ermitteln, fuhr er mit dem toten Tier zum nächsten Tierarzt, um über Tätowierungen oder eventuell implantierte Chips eine Adresse zu erfahren. Meistens aber waren die Katzen in ländlichen Gebieten nicht gekennzeichnet, Folge einer ambivalenten Wertschätzung der Samtpfoten gegenüber dem Ansehen von Stubentigern in der Stadt.

War er zu Fuß unterwegs, auf Wanderungen, in der Regel in den Vorbergen des Schwarzwaldes, und stieß auf ein verendetes Tier, sofern es kein Reh oder Wildschwein war, die er natürlich der zuständigen Forstverwaltung meldete, behalf er sich zum Zwecke der Bestattung mit Säcken aus Starkpapier. Er konnte ja keine sperrigen Kartons mit sich schleppen. Den Klappspaten allerdings führte er im Rucksack mit und an Stelle der Gitarre tat es eine Mundharmonika. Zwar konnte er nicht gleichzeitig Mundharmonika spielen und singen, aber er bat die Tiere um Verständnis, dass es so war und eben nicht anders ging, blies zunächst die Melodie einer Strophe, sang dann den Text, und endete wieder mit der Mundharmonika.

An der Wand über dem Schreibtisch in seinem Haus hing eine Landkarte, die er auf Packpapier selbst gezeichnet hatte. Sie umfasste das Straßen- und Wegenetz der Region, die er bei den Fahrten und Wanderungen berücksichtigte. Sie reichte von *Prinzenheim* im Norden bis *Lommingen* im Süden, und von *Paterszell* im Osten bis *Klahr am Rhein* im Westen. Auf sie übertrug er die Notizen mit den Daten aus dem Heft, das er bei den Fahrten und Wanderungen dabei hatte. Für jede Tierart verwendete er eine andere Farbe, und eindeutig überwog die Farbe Blau für Katzen, gefolgt von Grün für Igel.

Mitsch lebte von einer geringen Pension, die knapp über dem Existenzminimum lag. Die Sprünge, die er damit unternehmen konnte, waren kurz. Wäre das Häuschen nicht sein Eigentum und hätte er nicht ein wunderbares Arrangement mit einem Galeristen aus *Bad Alben* getroffen, sähen Gegenwart und Zukunft für ihn wahrlich düster aus. Das Arrangement bedeutete quasi eine Zusatzrente, für die er lediglich seiner Leidenschaft nachgehen musste – dem Malen. Er malte Aquarelle. Landschaftsbilder, Stillleben, aber auch geometrische Studien und Porträtbilder, alles in seinem eigenen minimalistischen Stil. Einmal pro Monat schnürte er ein Paket und sandte seine Werke an den Galeristen nach *Bad Alben*, mal zwei, aber auch mal drei an der Zahl, der ihm umgehend einen Verrechnungsscheck zurücksandte, für jedes Gemälde zweihundertfünfzig Euro. Wie er wusste, zahlten Touristen aus China, Japan und Russland, neuerdings auch aus dem arabischsprachigen Raum, das drei- bis vierfache für seine Bilder, womit der Galerist bestimmt gut verdiente, was ihm aber gleichgültig war, solange nur das Interesse die Nachfrage sicherte. So gesehen konnte er mit einem flexiblen Einkommen rechnen, dessen Höhe er durch seine Arbeit mehr oder weniger selber beeinflussen konnte.

Dass er bei seinen Porträtbildern schummelte, brauchte keiner zu wissen. Auch der Galerist ahnte nichts von seiner kleinen Betrügerei. Die Personen, die er angeblich porträtierte, existierten in Wahrheit nicht. Sie waren sämtlich seiner Phantasie entsprungen, ob es nun Greise waren oder Kinder. Denn zu ihm kam keiner, wie man weiß, und er besuchte niemanden. Wie sollte da ein Porträt entstehen? Ebenfalls unehrlich war er bei Darstellungen ländlichen Lebens, das es so, wie er es darstellte, vielleicht noch vor hundert Jahren gegeben hatte, von dem heutigen jedoch Lichtjahre entfernt war. Es gab keine Ochsengespanne mehr, die einen Pflug zogen; keine Pferde, die vor einen Heuwagen geschirrt waren; keine Bauern mehr, die zu Fuß über das Feld gingen, um von Hand die Saat auszustreuen, oder die eine vollbeladene Krucke auf dem Rücken trugen. Das nun wusste auch der Galerist, was diesem wiederum egal war, denn diese Art von Sujets wurde ihm förmlich aus den Händen gerissen.

Bei sonnigem oder trockenem Wetter malte er bevorzugt in der freien Natur. Dem Laien blieben die Geheimnisse verborgen, wonach man unterscheiden konnte, ob ein Bild nach einem natürlichen Vorbild draußen, oder nach einer Fotografie gemalt worden war. Der Fachmann sah es sofort an der Tiefe. Ein Gemälde nach einer Fotografie wirkte unweigerlich flach und billig. Bei einem Freiluftbild spürte man förmlich die Luft, die einem aus dem Bild entgegenwehte, hörte man die Stimmen der Natur, verlor sich der Blick am hintersten Horizont.

War er nicht unterwegs, weder zu Fuß noch mit dem kleinen Jeep, richtete er sich zu Hause nach einem launigen, man kann auch sagen, schlampigen Stundenplan, den er je nach Stimmung auch gerne über den Haufen schmiss oder außer Kraft setzte, gerade wie ihm der Sinn nach selbstbestimmter, unabhängiger Freiheit stand. Fix waren nur das Frühstück, das Abendessen, und die zwei doppelten Whiskey der Marke *Jim Beam* am Abend, die er sommers wie winters auf der überdachten Veranda vor der Haustür einnahm, der Veranda, die über die ganze Länge des Hauses reichte und von vier starken

Holzpfeilern getragen wurde. Wenn er mit sich und der Welt zufrieden war, rauchte er Zigaretten.

Der Garten, der sich um sein Haus erstreckte, war von der Bepflanzung und Philosophie her zweigeteilt. Hinter dem Haus, von der Zufahrt her nicht einsehbar, befanden sich die gepflegten Gemüse- und Kräuterbeete. Vor dem Haus hatte er dem Wildwuchs mehr oder weniger freie Hand gelassen, griff nur dort ein, wo die eine Pflanze die andere zu unterdrücken drohte. Diese sich selbst überlassene Hälfte stellte sich als Tummelplatz für allerhand Getier heraus, und genau das war der Zweck, denn er liebte es, vom Sitzplatz unter der Veranda aus das Biotop übers Jahr zu beobachten, mit all seinen Wechseln und Veränderungen. Er beherbergte Pflanzen, die manchem Botanischen Garten zur Ehre gereicht hätten, und Tiere, die längst auf der Roten Liste der Naturschutzorganisationen standen. Ihm war klar, dass man sich über seinen Garten im Dorf das Maul zerriss, weil man den rückwärtigen Teil von der Straße aus nicht sah, den vorderen Teil allerdings schon, aber es kümmerte ihn nicht.

Es war an einem Freitag, er war mit dem Suzuki ohne Verdeck in der Rheinebene unterwegs gewesen, ein heißer Tag im August, der gegen Abend Gewitter versprach, und er sah, als er die Zufahrt zu seinem Grundstück hinunterfuhr, eine Frau im Schatten unter einer der Pappeln stehen. Eine Frau in einem leichten, langen Kleid in Mittelgrau gehalten, mit einem locker getragenen dünnen Kopftuch. Er hielt in Höhe der Pappel an und schaltete den Motor ab. Die Frau schaute ihn nicht an, sie hatte die Augen niedergeschlagen. Als er sie wegen ihres Begehrens ansprach, drehte sie sich um und blickte zum Haus. Er folgte ihrem Blick. Zunächst fiel ihm nichts auf, doch dann bemerkte er, dass auf den Stufen zur Veranda ein Mädchen saß. Er stieg aus, nahm den Gitarrenkoffer und den Rucksack von der Ladefläche und ging auf das Haus zu. Das Mädchen war jung, vielleicht zehn oder elf Jahre alt, mit dunkelbraunem Haarschopf und ebensolchen großen Augen, und sie hielt eine kleine Schachtel mit den Händen auf ihren Knien. Sie sah ihm mutig entgegen, nur ein Mundwinkel zuckte ab und zu. Er stellte den Gitarrenkoffer und den Rucksack ab, ging in die Hocke und begrüßte das Kind. Nur der eine Mundwinkel zuckte wieder, aber ihre Lippen blieben geschlossen. Dann streckte sie die beiden Arme aus und hielt ihm den Karton hin. Er fragte, was das sei, doch sie sagte nichts, sondern streckte ihm die Schachtel noch näher. Da nahm er die Schachtel an sich und schaute dem Kind in die Augen, doch genauso wie er sie ansah, schaute sie zurück. Also hob er vorsichtig den Deckel der Schachtel an und guckte hinein. Eine Eidechse. Eine tote Zauneidechse.

Er fragte das Mädchen, ob es ihre Eidechse wäre, aber dann hörte er in seinem Rücken die Stimme der Frau. Er hatte nicht gehört, dass sie näher gekommen war. „Sie spricht nicht", sagte sie.

Er erhob sich aus der Hocke und drehte sich zu der Stimme um. „Sie spricht nicht?"

Sie schüttelte langsam ihren Kopf, die Augenlider noch immer gesenkt. Mit einem Finger zeigte sie auf den Gitarrenkoffer. „Sie singen?", fragte sie, und nun hoben sich die Augenlider und sie sah ihn an. Die gleiche dunkelbraune Farbe wie die Augen des Mädchens. Sie berührte mit einer Hand den Karton mit der Eidechse, den er in einer Hand hielt, den Finger weiterhin auf die Gitarre gerichtet. „Sie singen?"

Jetzt verstand er. Er sollte für die tote Eidechse singen. Deswegen war das Mädchen gekommen. Wie die beiden auf ihn gekommen waren, oder wer ihnen erzählt hatte, dass er der *Totensänger* sei, war für den Moment völlig unerheblich. Er lächelte kurz, nickte mit dem Kopf und sagte: „Ich singe." Dann fragte er: „Wo?"

Die Frau machte eine Viertelumdrehung und vollführte mit einem Arm eine ausholende Geste, die er so interpretierte, wie: *Hier ist doch überall Platz.*

Er tat es ihr nach und deutete auf den verwilderten Garten. „Hier?"

Die Frau bat das Mädchen mit einem Zeichen um Zustimmung. Das Mädchen nickte. „Hier", sagte daraufhin die Frau. War es die Mutter des Mädchens?, fragte er sich.

Er zog den Klappspaten aus dem Rucksack, streckte dem Mädchen die Hand entgegen. „Komm", bat er sie.

Zögerlich stand sie auf, ergriff seine Hand, und zusammen suchten sie im Garten eine Stelle, die dem Mädchen gefiel. Dort stieß er den Spaten in die

Erde, und bald hatte er ein Loch ausgehoben, das für die Schachtel groß genug war. Dann bat er sie, einen Moment zu warten. Obwohl sie ihn wahrscheinlich nicht verstand, blieb sie an Ort und Stelle stehen. Er eilte zum Suzuki, holte dort ein Stück Baumwollgewebe aus seinem Vorrat und kleidete damit den Karton aus, damit er nicht so unpersönlich aussah. Er zeigte dem Mädchen die Schachtel, fragte: „Gut?", worauf ihre beiden Mundwinkel zuckten und sie nickte. Dann senkten sie die Schachtel mit der Eidechse ins Loch hinein und deckten Erde darüber.

Er nahm die Gitarre aus dem Koffer, hängte sie um den Hals, und dann sang er, neben dem Mädchen stehend, ein Lied für die Eidechse, und zwar *Morning has broken* von *Cat Stevens*, und ihm war, als höre er neben sich ein sehr leises Summen. Aber er konnte sich auch getäuscht haben.

Gemeinsam sammelten sie nach dem Singen ein paar größere Steine, von denen es im Garten reichlich gab, und bauten daraus eine kleine Pyramide über der frisch aufgeschütteten Erde. Danach eilte das Mädchen zur Frau zurück und nahm deren Hand.

„Danke", sagte die Frau, und nochmal „Danke."

Er lächelte, nahm den Strohhut vom Kopf und verbeugte sich leicht. „Ich habe zu danken."

Hand in Hand gingen die beiden, während er ihnen nachschaute, dann in ihren luftigen Kleidern über die Zufahrt zurück zur Straße. Dort drehten sie sich noch einmal um. Das Mädchen winkte ihm zu, und auch die Frau erhob zaghaft eine Hand. Dabei fiel ihm ein, dass er sich nicht mal nach dem Namen des

Mädchens erkundigt hatte. Ich hätte ihnen wenigstens etwas zu trinken anbieten können, dachte er. Es ist heiß.

Mitsch wohnte nicht allein. Vor zwei Jahren hatte er auf der Straße, ziemlich genau zwischen *Dahlshorst* und *Niederkembs*, eine Katze gefunden, offensichtlich angefahren. Links und rechts der Straße stand der Mais hoch und Häuser waren keine zu sehen gewesen, und als er festgestellt hatte, dass die Katze noch atmete, lud er sie ein und raste mit dem röchelnden Tier neben sich auf dem Beifahrersitz zum nächsten Tierarzt. Er bat sie während der Fahrt wohl hundertmal, nicht zu sterben, und irgendwie musste seine Stimme auf die Katze einen guten Einfluss ausgeübt haben, denn sie überlebte die Fahrt und auch die chirurgischen Eingriffe beim Veterinär, und nach drei Tagen durfte er sie mit nach Hause nehmen.

Es war ein braun getigerter Kater, ein mächtiges Tier mit kräftigem Nacken, aber sein linkes Auge war nicht zu retten gewesen, die linke Vorderpfote war gebrochen und der linke untere Reißzahn fehlte seither, sodass ihm ständig ein Speichelfaden aus der Schnauze hing. Die Pfote jedoch verheilte und die Stelle im Kopf, wo das Auge normalerweise hätte sein sollen, war gut vernäht. Außer dass der Kater kastriert war und vom Tierarzt auf ein Alter um die acht bis zehn Jahre geschätzt wurde, hatten sich keine weiteren Daten zu ihm ermitteln lassen, weshalb *Mitsch* beschloss, ihn zu behalten. Von dem Unfall nachhaltig beeindruckt, beschränkte sich der Kater bei seinen Freigängen auf den Garten und den fünfzig Meter entfernten Bach hinter dem Haus. Die Straße verstand er zu meiden. *Mitsch* gab ihm den Namen *Morlock*.

Er konnte sich nicht daran erinnern, dass er in der Vergangenheit jemals Besuch gehabt hatte, wenn er die kurze Anwesenheit des Mädchens mit ihrer Mutter, was er nicht wusste, ob sie es war, als Besuch bezeichnen wollte. Er meinte mit Vergangenheit die Zeit, seit der er hier wohnte. So gesehen bedeutete es ein Novum in seiner Legende und entsprechend nistete es sich in seinem Kopf ein. *Sie spricht nicht*, hatte die Frau über das Mädchen gesagt, und er rätselte, wie sie es gemeint haben könnte. Konnte sie nicht sprechen, vielleicht von Geburt an, oder sprach sie nicht, wegen ...? Es gab viele Gründe, deretwegen einem die Stimme versagte. Schock, Unfall, Schreck, irgendeine Blockade. Er selbst war nicht der redseligsten einer, wozu auch. Er war schon immer wortkarg gewesen, und manchmal dachte er völlig ohne Furcht, dass er das Sprechen verlernen könnte, dass er nicht mehr wusste, wie es funktioniert, oder dass die Stimmbänder wegen Nichtgebrauchs verkümmern würden. Die Kunst zu sprechen war eine der Fähigkeiten, auf die er leichten Herzens verzichten könnte. Die Notwendigkeit war bei ihm schlicht nicht vorhanden.

Aber doch nicht ein Mädchen, doch nicht ein Kind, dachte er. *Sie spricht nicht.* Diese drei Worte hatten ihn getroffen.

Die Gedanken zu verarbeiten, holte er aus der Küche eine Flasche Bier und setzte sich auf der Veranda in den Schatten. *Morlock* kam um die Hausecke geschlendert und machte es sich neben ihm bequem, einen Speichelfaden vom Maul tropfend. *Mitsch* kraulte ihn hinter den Ohren, was der Kater mit tiefem Schnurren quittierte.

Woher kamen die Frau und das Mädchen? Er sah sie im Geiste vor sich. Die langen Kleider, das Kopftuch der Frau, die dunklen Augen, die spärlichen Worte. Keine europäische Frau würde bei solcher Hitze ein derartiges Kleid tragen. Dabei war es aus einem leichten Gewebe gemacht, wie er sich erinnerte. Dennoch. Er hatte vernommen, auch in der Zeitung gelesen, dass in der Gemeinde ein unbewohntes Haus für Kriegsflüchtlinge aus Syrien, dem Irak und Afghanistan hergerichtet worden war. Ausgerechnet hier, wo der Wähleranteil rechtspopulistischer Parteien landesweit am höchsten lag. Waren die Frau und das Kind der Gemeinde als Flüchtlinge zugewiesen worden, quasi als Pflichtaufnahme, oder als Quote?

Morlocks Schnurren hatte aufgehört. *Mitsch* beobachtete ihn. Weil der Kater wegen des fehlenden Zahns und des tropfenden Speichels viel Flüssigkeit verlor, trank er für eine Katze verhältnismäßig viel. *Mitsch* stand auf und holte eine Schale frischen Wassers aus der Küche und stellte sie neben den

Kater. Tatsächlich fing der auch gleich an zu schlabbern, und das wohlige Schnurren setzte wieder ein.

Eine Idee huschte durch *Mitschs* Kopf, und bevor sie auf dem Komposthaufen für unbenutztes Gedankengut landete, fing er sie ein. Er ging ins Haus zu seinem Schreibtisch. In der untersten Schublade, in der er Dinge aufbewahrte, die er eigentlich nicht mehr brauchte, die ihm aber zu schade zum Wegwerfen waren, musste er eine alte Sofortbildkamera haben, und tatsächlich lag sie dort neben anderen Gegenständen wie einem Walkman und einer Computermaus. Er nahm den unförmigen Kasten in die Hände. Der Behälter für die unbelichteten Filme war gefüllt, doch das Batteriefach erwies sich als leer. Kein Problem für ihn, denn an Batterien mangelte es ihm nicht, und bald war die Kamera betriebsbereit. Er begab sich in den Garten zu dem frischen Eidechsengrab und fotografierte es. Nach einer kurzen Wartezeit hielt er ein prächtiges Foto in der Hand. Er schoss ein weiteres Foto von seinem Haus und machte sich mit den beiden Bildern ins Dorf auf.

Er hatte es schon vermutet, dass man nur die älteste Kaschemme im Dorf als Flüchtlingsunterkunft bereitstellen würde, und seine Ahnung wurde bestätigt. Von *Herrichten* war äußerlich nichts zu sehen und er hoffte, dass wenigstens die Innenräume einigermaßen wohnlich gestaltet worden waren. Die Haustür stand offen, sodass jeder kommen und gehen konnte, wie er wollte. Er betrat den engen Flur, von dem im Untergeschoss drei Türen abgingen, die alle offenstanden. Eine Treppe führte in das obere Stockwerk. *Mitsch* machte sich bemerkbar und rief „Hallo?"

Aus zwei der Türen im Erdgeschoss traten Männer heraus, der Hitze wegen in Unterhemden. Bärtige Gesichter, schweißglänzend. „Wo ist die Frau mit dem Kind?", fragte er und versuchte, freundlich auszuschauen, aber er schätzte, dass sein Lächeln eher einer Grimasse glich.

„Frau oben", erhielt er als Antwort.

Er hob den Kopf, schaute die Treppe empor. Das Mädchen stand oben, klammerte sich am Treppengeländer fest. „Hallo", fragte er, „darf ich raufkommen?"

Das Mädchen verschwand, nur um Sekunden später mit der Frau an der Hand wieder zu erscheinen.

„Darf ich raufkommen?"

Die Frau nickte, und er stieg die ausgetretene Holztreppe hinauf, bei der jede Stufe knarrte. Sie ging ihm in eines der Zimmer voraus. Er nahm den Strohhut ab. Mit einem raschen Rundblick hatte er die Einrichtung und die Qualität des Zimmers erfasst. Zwei Betten, eines aus dunkler, das andere aus kiefernfarbiger Spanplatte, abgestoßene Kanten und Ecken, ein ehemals weißlackierter Tisch, ein schmaler Kleiderschrank gleicher Bauart wie die Betten. Hinter der Tür verborgen gab es ein Waschbecken aus fleckiger, abblätternder Emaile, und nur kaltes Wasser. Fertig.

Die Tapeten mussten noch vom Erstbewohner des Hauses stammen, ebenso der Fußboden aus welligem, abgetretenem Linoleum. An der Decke hing eine nackte Glühbirne.

Die Frau und das Kind setzten sich nebeneinander auf das eine Bett, er sich auf das andere. Er streckte dem Mädchen die beiden Fotos hin. Sie nahm sie entgegen, und als sie erkannte, was darauf zu sehen war, bogen sich ihre Mundwinkel nach oben. Sie hielt die Bilder ihrer Mutter? hin. Auch sie lächelte. Als sie ihm die Fotos zurückgeben wollte, lehnte er ab und deutete an, dass sie dem Mädchen gehören. „Geschenk", fügte er hinzu.

„Wie heißt du?", fragte er die Kleine.

„Ihr Name ist Hanneh", antwortete die Frau.

„Ist sie Ihre Tochter?"

„Ja", nickte sie, „Tochter. Acht Jahre."

„Sie sieht älter aus."

„Ja, älter. Hat viel gesehen."

Auf dem Weg vom ersten Stock zum Ausgang suchte er vergeblich nach einem Badezimmer. Fehlanzeige, denn es gab keins. Dafür existierte hinter der Treppe eine einzige dunkle Toilette für beide Etagen, ohne Fenster nach außen. Der Anblick war nicht gerade einladend.

Als er wieder draußen auf der Straße war und nach Hause gehen wollte, wurde er auf eine Stimme aufmerksam, die ihn zwar nicht direkt ansprach, aber genau in der Lautstärke gehalten war, dass er sie unbedingt hören musste. „Das passt ja so richtig zusammen. Der *Totensänger* und die *Teufelsanbeter*."

Es war genau die Art von Stimme, wie Feiglinge sie verwenden, um einen gezielten Stich zu setzen, hinterher jedoch vehement abstreiten, etwas gesagt zu haben.

Mitsch blieb stehen, drehte sich um. Ein Mann, nicht mal besonders alt, stand auf seinem gemähten Rasen, die Hände auf den Stiel einer Harke gestützt, und grinste ihn mit gerötetem feisten Gesicht an. Und er war noch nicht fertig. „Hast du es nicht gewusst? Das sind *Teufelsanbeter*. Steht sogar im Lexikon."

Mitsch kannte ihn lediglich vom Sehen, wusste jedoch nicht, wie er hieß oder wer er war.

„Wer hat Ihnen denn ins Hirn geschissen?", erwiderte er. „Gehen Sie mal einen Schritt aus ihrem Garten hinaus, dann werden Sie feststellen, dass die Erde rund ist." Er drehte ab und ließ den Spinner stehen. *Teufelsanbeter*. Welch ein Schwachsinn.

Die Mär von den sogenannten *Teufelsanbetern* war ihm nicht unbekannt. Wer die Nachrichten verfolgte und die Zeitung las, wusste, dass es sich um ein verunglimpfendes Schimpfwort für die Angehörigen der *Jesiden* handelte, die schon zu Zeiten *Karl Mays* und wahrscheinlich noch viel früher unter dieser Beleidigung gelitten hatten, und in jüngerer Zeit die gleichen Schmähungen und Verfolgungen durch die Terroristen des Islamischen Staates, kurz IS, erfahren. Das Problem liegt einfach darin, dass sowohl der Islam als auch die Christen den von den *Jesiden* verehrten Engel *Melek Taus* als personifizierten Teufel ansehen. *Melek Taus* wurde einst, weil er die

Vermessenheit besessen hatte, sich Gott gleichzustellen, in die Hölle gestürzt. Dort bereute er jedoch, wurde rehabilitiert und Gott als wichtigster Engel wieder zur Seite gestellt. *Melek Taus* wird auch als *blauer Pfau* dargestellt oder *blauer Pfau* genannt.

Mitsch empfand die Sache mit der Rehabilitation als eine noble, geradezu moderne Geste. Was der *Teufelsanbeter*-Theorie zudem widersprach war die Tatsache, dass *Jesiden* die Existenz eines Teufels nicht anerkennen, weil damit die Allmacht Gottes in Frage gestellt wäre. Ziemlich plausibel, wie *Mitsch* dachte.

Ferner spielt eine schwarze Schlange eine wichtige Rolle in der *jesidischen* Glaubenslehre. Sie wird als heilige Kreatur verehrt. Sie dient zum Beispiel dem Schutz der Totenschreine und der Häuser, weswegen man sie oft in stilisierter Form an den Eingängen zu den Schreinen, und manchmal auch an Hauseingängen der *Jesiden* antrifft. Das Töten einer schwarzen Schlange gilt als Sünde.

Er fragte sich, warum das offensichtlich Dumme in der Welt sich hauptsächlich in den Köpfen der Dummen behaglich fühlt, während sie sich gegen die Klugheit weitestgehend als resistent erweisen? Der chemisch-physikalische Vorgang im Kopf müsste doch eigentlich der gleiche sein.

Allmählich, je näher er dem Zuhause kam, reduzierte er die Schaumproduktion, die ihm den klaren Blick verstellte, und als er die Haustür aufschloss, hatte er sich insoweit beruhigt, dass er mit Kater

Morlock ein normales Gespräch sozusagen von Mann zu Mann führen konnte.

Gegen Abend, wie bei der drückenden Schwüle zu erwarten gewesen war, türmten sich im Westen dunkle Wolken auf. Da es für den Suzuki keinen Unterstand gab, montierte er vorsorglich wieder das Verdeck. Er mochte den kleinen Jeep, verfügte er doch über einen Allradantrieb, der im Winter und bei Fahrten über unbefestigte Wege sehr nützlich war, und im Sommer, bei abgenommenen Verdeck, ein lässiges und luftiges Fahrzeug darstellte. Für diese Annehmlichkeiten nahm er fehlenden Komfort gerne in Kauf.

Danach setzte er sich auf die Veranda, ein Glas *Jim Beam* ohne Eis sowie Kater *Morlock* neben sich, und verfolgte, wie sich das Unwetter über seinem Haus zusammenbraute. Nicht dass Gefahr für ihn und das Haus bestand. Der Bach war weit genug weg und selbst bei Starkregen und Überschwemmung lief sich das Hochwasser im flachen Wiesengelände so sehr in der Breite aus, dass es nicht bis zu seinem Grundstück gelangte. Anders sah es im Dorfkern aus. Dort war das Tal eng und die Hänge fielen steil zum Bachlauf ab, wodurch sich relativ rasch viel Wasser ansammelte und reißend das Gefälle hinabschoss, über die Ufer trat und manchen Keller füllte. Feuerwehreinsätze waren die Regel. Mit einem Blick auf das ungefähre Potenzial des anziehenden Gewitters schätzte *Mitsch*, dass es auch in der kommenden Nacht zu einiger Unruhe im Dorf kommen würde. Nichts, worüber er sich Sorgen zu machen brauchte.

Doch er schlief schlecht in dieser Nacht. Einige Male trieb es ihn aus dem Bett, und wenn er in einer dieser Wachphasen den Vorhang zur Seite schob und nach draußen schaute, schien die Atmosphäre von zuckenden blauen Lichtstrahlen durchdrungen und gesättigt zu sein, ohne dass er die Blaulichter direkt zu sehen bekam. Großeinsatz, dachte er, um wieder in oberflächlichen unerquicklichen Schlaf zu fallen.

Er fühlte sich am Morgen nicht ausgeruht. Ein Blick auf die Uhr bestätigte ihm, dass seine normale Aufstehzeit unmittelbar bevorstand, acht Uhr, was ihn ein bisschen verdrießlich stimmte. Aus langjähriger Erfahrung wusste er jedoch, dass es keinen nennenswerten Effekt bringen würde, länger liegen zu bleiben. Der Helligkeit nach zu urteilen, die durch den Vorhang ins Schlafzimmer fiel, stand die Sonne bereits hoch am Himmel, wie so oft nach einem reinigenden Gewitter. Der Bach, stellte er fest, war so weit über das Ufer getreten, wie er ihn vorher noch nie gesehen hatte und schwappte bis auf wenige Meter an sein Grundstück heran. Kein Wunder, dachte er, hatte die Feuerwehr eine arbeitsreiche Nacht hinter sich.

Beim Studium des Straßenverzeichnisses über dem Schreibtisch registrierte er, dass heute der Jahrestag eines toten Fuchses auf der Agenda stand, an der Straße zwischen *Grafenhardt* und *Waagstätt*, etwa fünfundzwanzig Kilometer entfernt. Er überlegte, was dem Fuchs wohl für ein Lied gefallen würde, und entschied sich für *When I'm dead and gone* von *McGuinness Flint*, einer Rock- und Folkgruppe aus den Siebzigern des vergangenen Jahrhunderts. Kaum entschieden, summte ihm die Musik durch den Kopf, und er würde Mühe haben, sie in den nächsten Tagen wieder loszuwerden.

Zuerst frühstückte er jedoch, um dann Gitarrenkoffer, Rucksack und Klappspaten in den Suzuki zu laden. Auf dem Weg zum Auto überlegte er, ob er nachmittags eventuell mit Staffelei und Wasserfarben losziehen wollte, um zu malen, denn die Sonne brezelte vom Himmel und nach einem Regenguss ergaben sich mystische Motive, wenn zum Beispiel aus einem Wald feuchte Dunstschwaden aufstiegen.

Als er sich hinters Steuer setzte, fuhr er erschrocken wieder hoch. Angewidert stellte er fest, dass seine Hose patschnass war. Dann bemerkte er das Dilemma. Jemand hatte in der Nacht mutwillig das Verdeck über dem Fahrersitz aufgeschlitzt. Er stieß einen lästerlichen Fluch aus, zuerst über die Situation, dann über sich. Das kommt davon, grantelte er vor sich hin, wenn man sich selber für klüger hält als andere, und dachte dabei an den gestrigen Vorfall mit dem Mann im Garten, den er quasi der Dummheit bezichtigt hatte. Der mit den *Teufelsanbetern*. So ein Idiot, sagte er, und meinte ihn und sich selbst.

Verdammt, solch ein Verdeck kostete eine Menge Geld. Er würde versuchen, den Schlitz mit Klebeband zu schließen, denn so viel Geld hatte er nicht flüssig. Aber vorerst montierte er das Verdeck ab, warf es auf die Veranda und überzog den Sitz mit einer Kunststofffolie. Ein ekliges Gefühl, wenn es unter dem Hintern vor Nässe quietschte.

Dem Fuchs hatte er den Namen *Schlawiner* zuge-wiesen, weil sein Gesichtsausdruck selbst im Tod noch irgendwie verschmitzt ausgesehen hatte und weil er dachte, das würde zu ihm passen. Er erinner-te sich daran, dass der Fuchs zu groß für einen seiner mitgebrachten Kartons gewesen war und er das Tier deswegen nur in ein altes Bettlaken hatte einwickeln können. Die Straße zwischen *Grafenhardt* und *Waagstätt* war einseitig von Wald gesäumt, und dort hatte er den Fuchs auch beerdigt, obwohl er auf der anderen Seite gelegen hatte. In der Walderde würde sich der Fuchs vielleicht heimischer fühlen, war seine Überlegung.

Er parkte den Suzuki am Straßenrand, sprang über einen Entwässerungsgraben, stellte sich am Wald-rand auf und sang dort, wo das Grab noch erkennbar war, *When I´m dead and gone* mit Gitarrenbeglei-tung in den Wald hinein.

Wie er sich dabei vorkam? Nun, der Fuchs war ein Zeitgenosse. *Mitsch* hatte die Ehre, zur gleichen Zeit mit dem Fuchs die Erde bevölkert zu haben und über sie zu wandeln. Das glich, wenn man die Milliarden von Jahren seit Entstehung der Erde bedachte, einem einzigartigen Wunder. Das war die Erkenntnis, von der er ausging.

Er fuhr nicht auf direktem und schnellstem Weg zurück, sondern bog in *Grafenhardt* auf die Straße nach *Ackermoos* ab und dort wiederum Richtung *Magerbüchel*. Nachdem er *Magerbüchel* durchquert hatte und die schmale Straße nach *Schottbergen* befuhr, sah er in der Ferne voraus eine Person zu Fuß auf seiner Seite entgegenkommen. Er guckte in den Rückspiegel, ob er gefahrlos ausweichen konnte, und als er wieder nach vorne schaute, entdeckte er hinter der Fußgängerin, jetzt war er nah genug, um es zu erkennen, ein Kind tippeln. Die Fußgängerin trug wohl eine schwere Last, denn sie neigte den Oberkörper zur Seite und umklammerte mit dem Arm ein dickes Bündel, das an der Schulter hing. Jetzt war er ganz nah, dann zog er das Lenkrad nach links, fuhr mit Abstand vorbei, - und rauschte dahin.

Die Reifen quietschten und Rollsplit spritze zur Seite, als er voll in die Bremse stieg. Im Nu stand er neben dem Suzuki und rief: „Hanneh!"

Die Frau und das Mädchen waren stehengeblieben und schauten zu ihm her. Sie hatte das Bündel zu Boden gelassen, das womöglich ihre ganze Habe beinhaltete und nichts anderes als ein zusammengeknoteter Deckbettenbezug war. Er ging rasch zu den beiden hin. Hanneh hielt die Hand ihrer Mutter. *Mitsch* nahm den Strohhut ab.

„Hallo, Hanneh", sagte er erstaunt. „Was machen Sie denn hier auf der Straße? Wo wollen Sie denn hin?"

Die Frau zog einen Zettel aus einer Tasche ihres Kleides und übergab ihn ihm. Er faltete ihn auseinander. Nur zwei Worte standen von Hand geschrieben drauf: *Rathaus, Mörschhausen. Mörschhausen* lag noch einmal etwa acht Kilometer von *Magerbüchel* in südlicher Richtung entfernt.

„Warum?", fragte er, weil er nicht verstand.

„Ein Feuer", sagte sie. „Ein Feuer heute Nacht. Im Haus. Jetzt gehen anderes Haus." Sie zeigte auf den Zettel.

„Kommen Sie", sagte er. „Ich fahre Sie hin." Er hob das Bündel vom Boden, trug es zum Suzuki und legte es auf die kleine Ladefläche. Mutter und Kind folgten unsicher.

„Kommen Sie", sagte er nochmal. Da stiegen sie ein.

Er wendete auf der Straße und fuhr die Strecke nach *Magerbüchel* zurück, von dort weiter Richtung *Mörschhausen.*

„Sind Sie die ganze Strecke gelaufen? Kein Taxi?"

„Doch, Taxi", antwortete sie.

„Aber?"

Die Frau schaute verschämt auf ihren Schoß, die Hände geballt, dass die Knöchel spitz hervortraten.

„Taxi nicht gut. Fahrer mich anfassen. So." Dabei legte sie ihre Hand auf ihren Oberschenkel und strich auf und ab. „So. Sie verstehen?"

Oh ja, er verstand. Er schüttelte leicht den Kopf hin und her und zerkaute schweigend eine ungezählte Anzahl von Flüchen. „Dann sind Sie ausgestiegen."

„Ja, ausgestiegen. Besser zu Fuß. Fahrer hat gelacht."

Gegen halb zwölf erreichten sie *Mörschhausen* und stellten wenig später den Suzuki vor dem Rathaus ab. *Mitsch* begleitete die beiden hinein. An einer Tür, die mit *Sekretariat* angeschrieben war, klopfte er und trat ein. Eine brusthohe Empfangstheke schützte eine Frau an einem dahinterliegenden Schreibtisch. Ein Schild auf der Theke versprach: *Sie werden von Frau Scherzinger bedient.* „Sie wünschen?"

„In meiner Begleitung, Frau Scherzinger, befindet sich eine Frau mit Tochter. Ihre Flüchtlingsunterkunft ..."

Die Frau schaute zu einer Uhr auf, die ihr gegenüber an der Wand hing. „Ja, sie wurde uns bereits angekündigt, aber wo bleibt sie denn so lange?"

„Sie musste zu Fuß gehen", sagte er kalt.

„Was? Zu Fuß? Nun, egal. Jedenfalls ist sie überfällig. Sie wird notgedrungen in unserer Flüchtlingsunterkunft aufgenommen, obwohl wir bereits voll belegt sind. Wenn Sie draußen bitte warten wollen, dann begleite ich Sie dorthin. Hrmhrm, ja."

Er verließ das Büro wieder und ging zu Mutter und Kind auf den Flur. „Sie wissen schon Bescheid", versuchte er ein Lächeln, obwohl ihm so gar nicht danach war.

Einige Minuten später tauchte Frau Scherzinger aus dem Büro auf, einen Autoschlüssel in der Hand.

„Sind Sie mit dem Auto da? Dann fahren Sie mir einfach hinterher."

Sie fuhr ihnen voraus. Aus dem Dorf hinaus. Etwa zweihundert Meter vom Ortsrand entfernt tauchte ein einstöckiges Gebäude auf. Kleine Fenster. Es sah aus wie das Vereinsheim irgendeines Vereines. Von der Straße führte ein schlammiger Weg darauf zu. Auch der Vorplatz der Hütte stellte sich als Schlammwüste heraus.

„Wenn es trocken ist, ist es wunderbar", sagte Frau Scherzinger vom Rathaus, als sie ausgestiegen waren. Ein rutschiges Brett diente als Gehweg über den Morast. Natürlich trat Hanneh daneben und versank bis zum Knöchel im Dreck.

Frau Scherzinger ging in die Flüchtlingsunterkunft voraus. Ein schmaler Gang in der Mitte, von dem links und rechts je drei Türen abgingen. Also, rechnete *Mitsch*, gibt es sechs Zimmer. Einige Männer lungerten im Flur herum. Ihre Gespräche verstummten, als sie Hanneh und ihre Mutter erblickten. *Mitsch* schielte in das erste der Zimmer, an dem sie vorbeikamen. Zwei Stockbetten standen darin, ein Tischchen in der Mitte. Drei Männer hielten sich darin auf, zwei lagen untätig auf den Matratzen, einer stand am Fenster um zu rauchen. Bei vier Betten war noch ein Bett zu haben, dachte *Mitsch*. Im gegenüberliegenden Zimmer das gleiche Bild. Zwei Stockbetten, Männer. Die nächsten beiden Räume links wie rechts ebenfalls.

Sie kamen zu den letzten beiden Zimmern. Die gleiche Anzahl Betten, zwei Männer und zwei Frauen im rechten Zimmer, im linken Zimmer vier Betten, zwei Männer und eine Frau. Blieb also ein

Bett für Hanneh und ihre Mutter. Frau Scherzinger zeigte mit dem Arm zum freien Bett.

„Machen Sie sich´s bequem", sagte sie und lächelte, wie Falschheit nur lächeln kann. „Später wird jemand vorbeikommen und Ihre Daten aufnehmen. Okay? Ich zeige Ihnen jetzt noch Dusche und Toilette."

Außerhalb der Hütte, nur wiederum über ein Brett über dem Schlamm erreichbar, stand eine noch weit kleinere Hütte mit zwei Türen. Über der einen Tür stand *Toilette*, über der anderen *Waschraum*.

„Wie gesagt", leierte Frau Scherzinger ihren Satz herunter, „wenn es trocken ist, ist es hier wunderbar. Leider hat es in der Nacht geregnet."

Sie öffnete die Tür zur Toilette. Eine verdreckte Keramikschüssel ohne Brille. Auf dem Boden stand der Urin keiner weiß wie vieler Leute. Sie öffnete die Tür zum Waschraum. Eine Stahlblechwanne mit zwei Wasserhähnen, ein verkalkter Duschkopf über einer Blechwanne, in der das Wasser der letzten Dusche stand.

„Okay?", fragte Frau Scherzinger.

Hannehs Mutter schaute *Mitsch* stumm an.

„Okay", sagte *Mitsch*.

Frau Scherzinger war bereits wieder weggefahren. *Mitsch*, Hanneh und ihre Mutter standen vor dem Suzuki. Der Mutter des Mädchens flossen Tränen über die Wangen, aber sie blieb stumm. Das Mädchen klammerte sich an ihren Bauch. Er versuchte, einen dicken Kloß im Hals zu verschlucken, was ihm nicht gelingen mochte. Endlich spürte er, wie der Inhalt seines Magens sich den Weg nach oben bahnte. Rasch drehte er sich weg, beugte sich hinter den Suzuki und erbrach sich dort in den Schlamm. Als er sich besser fühlte, teilte er ihr seinen Entschluss mit.

„Steigen Sie bitte wieder ein. Ich nehme Sie mit nach Hause."

Sie schien ihn nicht verstanden zu haben. „Ich kann nicht hierbleiben", sagte sie und schüttelte vor Entsetzen den Kopf.

Er berührte sie sacht am Arm und führte sie zur Beifahrerseite. „Steigen Sie ein. Wir fahren nach Hause." Er fasste Hanneh unter den Achseln und hob sie direkt über den Fahrzeugrahmen auf den Rücksitz und schnallte sie an. Die Mutter stand weiter wie angewurzelt da. Jetzt setzte sich *Mitsch* ans Steuer und startete den Motor.

„Kommen Sie", sagte er und lächelte, und siehe da, es funktionierte.

Hannehs erstes Ziel war die kleine Steinpyramide, unter der ihre Eidechse begraben lag. Sie blieb eine gute Minute davor stehen, und wieder meinte *Mitsch*, ein sehr sehr leises Summen zu hören. Er machte die Mutter darauf aufmerksam. Ein flüchtiges Lächeln verzauberte für den Bruchteil einer Sekunde ihr Gesicht.

Er zeigte ihr das Haus. Das Schlafzimmer, wo sie mit Hanneh schlafen würde; die Küche mit ihren Geräten; das Badezimmer mit Badewanne, Waschbecken und Waschmaschine; das Wohnzimmer, wo er auf dem Sofa zu schlafen gedachte. Er beschrieb mit einem Arm einen weiten Bogen und sagte:

„Willkommen."

Sie äußerte den ersten Wunsch. „Baden?" Lächelte schüchtern.

Er drückte ihr saubere Frotteetücher in die Hand, zeigte ihr, wo sie Shampoo und Flüssigseife finden würde, und ließ sie allein. Sie rief nach Hanneh.

Ich muss wissen, wie sie heißt, dachte er. Jeder Mensch hat doch einen Namen, oder nicht?

Sie trug ein anderes Kleid und ein anderes Kopftuch, als sie aus dem Badezimmer auf die Veranda kam: Das Kleid mit kurzen Ärmeln in einem helleren Grau und etwas mehr als Knielänge, ein rotbraunes Kopftuch. Auch Hanneh war frisch umgezogen. Mit steifem Rücken ließ sie sich neben ihm nieder. Hanneh sprang in den Garten.

„Danke", sagte sie.

„War es gut?"

„Ja, gut. Für Hanneh sehr gut." Ein scheues Lächeln.

„Schön", sagte er. „Wenn Sie Wäsche waschen wollen ..."

„Ja, bitte. Sehr gut."

Er erhob sich. „Kommen Sie, ich zeig´ es Ihnen."

Wenig später drehte sich die Trommel der Waschmaschine, und das Bündel, in dem sie ihr Hab und Gut verstaut hatte, war leer. „Wenn die Maschine fertig ist, hängen wir die Sachen draußen auf die Leine. In der Sonne trocknet es schnell."

Sie nickte.

„Was halten Sie davon, wenn wir einige Sachen einkaufen gehen?"

Hilflos zog sie den Kopf zwischen die Schultern.

„Weiß nicht."

„Und Spielzeug für Hanneh."

Sie knotete ihre Hände, und ihre Augen irrten hin und her. Sie wirkte überfordert.

„Ich heiße *Mitsch*", sagte er dann.

„Dilara", sagte sie.

„Kommen Sie, Dilara. Sie werden einige Dinge brauchen."

Der Supermarkt lag am Ortsrand von *Durlangen*. Hanneh betrachtete den Flachbau mit großen Augen. Für eine erste Grundausstattung, was Frauen hygienemäßig auch immer benötigen, dachte *Mitsch*, sollten sie hier ausgerüstet sein. Zudem gab es in dem Laden eine Wäsche- und Kleiderabteilung, sowohl für Erwachsene als auch für Kinder. Sie würden auch etwas zu essen brauchen, und in dieser Beziehung musste er sich ab jetzt auf Dilara verlassen, denn er hatte keine Ahnung, wie ein *jesidischer* Küchenzettel aussah, wenn es denn überhaupt zutraf, dass sie dieser ethnischen Volksgruppe angehörte. Er selber war es schließlich gewesen, der von *Teufelsanbeter* auf *Jesiden* geschlossen hatte. Warum? Einfach weil er es wusste? Weil er es ...ja, was? Die Verknüpfung im Kopf existierte und er hatte die

Information einfach abgerufen und für eine Tatsache gehalten. So schnell geschieht es, dass man Menschen schubladisiert, dachte er.

Bei der Drogerieabteilung ließ er sie allein. Wie vorsichtig sich Dilara und Hanneh durch die Angebote und Artikel bewegten, kriegte er nicht mit. Er war, vielleicht aus Diskretion, genau sagen konnte er es nicht, in den benachbarten Gang abgebogen, wo er Futter für Kater *Morlock* in einen Karton packte. Nach geraumer Zeit schielte er aber doch um die Ecke, nur um sicher zu gehen, dass die beiden sich auch wirklich bedienten. Dann schlenderte er weiter zu den Spielwaren. Er hatte gerade Badminton-Schläger in der Hand, als Dilara mit dem Einkaufswagen wieder zu ihm stieß. Er stellte das Katzenfutter in den Wagen und zeigte Hanneh das Federballspiel, vollführte damit eine schlagende Bewegung. Sie nickte. Also gekauft. Ein Ball? Nicken. Gekauft. Hanneh entdeckte einen Plüsch-Teddybären. Ihre Mundwinkel fuhren nach oben. Sie griff mit beiden Händen danach. „Hanneh!", sagte ihre Mutter. Die Mundwinkel rauschten nach unten. *Mitsch* legte seine Hand auf Dilaras Hand und nickte seinerseits. Teddybär gekauft. Hanneh behielt ihn gleich im Arm.

Er lotste sie in den Bereich für Bekleidung, wo er sie aufforderte, sich umzusehen. In der Zwischenzeit begab er sich zu den Spirituosen, wo er nach der Whiskey-Marke *Jim Beam* suchte. Aus einiger Distanz beobachtete er nicht allzu auffällig Mutter und Kind, die relativ entspannt verschiedene Kleidungsstücke begutachteten und offensichtlich in eine engere Auswahl zu nehmen schienen. Eine Angestellte des Supermarktes trat hinzu und beriet Dilara wahrscheinlich in Bezug auf Größe und Material und führte sie anschließend zu den Umkleidekabinen, wo Dilara und Hanneh mit einem Arm voller Kleider seinen Blicken entschwanden. Sehr gut, dachte er. Sehr sehr gut.

Der Vorhang der Umkleidekabine öffnete sich wieder. Dilara trat heraus, verschiedene Kleidungs- und Wäschestücke über dem Arm hängen, und schaute sich suchend um. *Mitsch* trat in ihr Blickfeld und bemerkte ihre fragenden Augen. Schweißtropfen standen ihr auf der Oberlippe.

„*Mitsch?*", sagte sie mit schwankender Stimme.

„Dilara", sagte er, nahm ihr die Kleider ab und legte sie über den Einkaufswagen.

„Hanneh hat auch noch...", sagte sie, als wäre ihr eine Schüssel Erbsen auf den Boden gefallen.

„Sehr gut", erwiderte er. „Was essen wir heute und morgen?"

In der Folge luden sie Reis, Teigwaren, Tiefkühlgemüse, Linsen, Eier, Mehl, Rosinen, Äpfel, Tomaten, Auberginen, Bananen, Öl, Honig, Tee, Zucker, tiefgefrorenes Hähnchenfleisch, Hackfleisch vom Rind, Apfel- und Traubensaft, Bonbons und Schokolade in den Wagen, zahlten an der Kasse und fuhren nach Hause.

Nachdem sie alles ins Haus getragen und eingeräumt hatten, zog sich Dilara ins Schlafzimmer zurück.

Mitsch übte unterdessen mit Hanneh das Federball-spiel, und sie lernte schnell. Schon bald schafften sie zehn, dann zwanzig Ballwechsel. *Mitsch* veranstalte-te dabei ein bisschen Blödsinn, keuchte, stöhnte, ächzte, stolperte, machte ulkige Figuren, und zuerst verhalten, dann lauter, und schließlich gelöst, sodass sie es selber überhaupt nicht bemerkte, lachte Han-neh, lachte und lachte, und wollte schier gar nicht mehr aufhören, weil es immer wieder aus ihr heraus-brach, und *Mitsch* hopste und sprang wie ein Kasten-teufel, um sie weiter lachen zu hören, und dann musste auch er lachen, obwohl ihm der Schweiß in Strömen über den Rücken lief.

Dilara war, von den seltsam ungewohnten Geräu-schen im Hof aufmerksam geworden, aus dem Haus gekommen. Sie stand in der Tür und sah diesen er-wachsenen Mann die tollsten Figuren springen, die sie je bei einem Mann gesehen hatte, und hörte ihn japsen und stöhnen, und sie hörte ihre Tochter la-chen, wie sie sie noch nie hatte lachen hören. Sie quietsche förmlich und alles um sie herum schien in Vergessenheit geraten zu sein. Unbeschwertheit, wie Hanneh sie noch nie erlebt hatte, selbst nicht, als sie im Irak noch in Frieden gelebt hatten, trug sie auf mächtigen Schwingen fort. Die Schrecken des Krie-ges, des Todes, der Flucht, der Erniedrigung – für diese glückliche Stunde waren sie vergessen.

Wie konnte ein erwachsener Mann ...? Sie hielt in ihren Gedanken inne. Sie spürte, dass sie so nicht fragen durfte. Sie hatte es ja eben mit eigenen Augen gesehen. Hier ging es nicht um Ernsthaftigkeit und

Ansehen, nicht um Stolz und Respekt. Hier ging es allein um ihr Kind, und Kinder sollen und müssen lachen. Es war unvorstellbar, dass ein Mann im Irak sich dermaßen herablassen würde, um für ein Kind den Clown zu spielen. *Mitsch* hatte es einfach getan und sie zum Lachen gebracht, und sie fand, egal wie er es angestellt hatte, er hatte dabei kein bisschen an Würde verloren.

Mitsch bemerkte sie. Er sagte „Pause, Hanneh, Pause", atmete wie ein Dampfross und stolperte ermattet in den Schatten unter dem Verandadach.

„Entschuldige Dilara, dass wir dich geweckt haben", sagte er. „Magst du mal für mich übernehmen? Aber streng´ dich an, Hanneh spielt gut." Er hielt ihr den Schläger hin und es war ihm nicht aufgefallen, dass er sie geduzt hatte.

Hanneh kam hinzu. Sie glühte förmlich.

„Wir trinken erst", bestimmte Dilara. Sie trug von den neuen Kleidern eine leichte Pluderhose in Aubergine, die die Fußknöchel frei ließ, eine weite Tunika in ähnlicher Farbe, und ein braunes Seidenkopftuch.

„Das steht dir gut", kommentierte *Mitsch*. „Sehr gut."

Sie tranken Apfelsaftschorle, *Mitsch* ein Bier. Dann nahm Dilara den Federballschläger auf und forderte ihre Tochter heraus. Nach einigen Fehlversuchen spielten sie sich ein, und es dauerte nicht lange, bis das Gelächter der beiden über den Garten schallte.

Mitsch war zufrieden, und deshalb zündete er sich eine Zigarette an.

Irgendwann ging er ins Bad, um den Schweiß abzuduschen und danach in der Küche das Essen vorzubereiten. Mit roten Gesichtern und erhitzten Köpfen huschten bald Dilara und Hanneh an ihm vorbei, um sich gleichfalls zu erfrischen. Dilaras Augen leuchteten, als sie gut gelaunt und dezent nach Sandelholz duftend zu ihm in die Küche kam um zu helfen.

„Was machst du, *Mitsch*?", fragte sie, von zu Hause her nicht gewohnt, dass ein Mann in der Küche stand um zu kochen.

„Nun, ich denke es gibt Geflügel mit gefüllter Aubergine?", was er durchaus als Feststellung und als Frage meinte.

„Mit wem du füllst Aubergine?"

„Was hältst du von Reis?"

„Gut. Aber Reis zuerst muss weich."

Sein Schalk blitzte auf. „Meinst du?" Er grinste.

„Ja", sagte sie. „Ich mach das."

Sie füllte Wasser in einen Topf und gab eine halbe Tasse Reis dazu. Dann schnitt sie die Auberginen der Länge nach in zwei Hälften und höhlte sie aus.

„Für Reis", kommentierte sie. „Dann in Topf mit Deckel, Wasser, kochen, Dampf, fertig. Geht schnell."

Sie speisten auf der Veranda und hatten zu diesem Zweck den Küchentisch nach draußen transportiert. Nachdem sie fertig waren, sagte Dilara:

„Bestes Essen seit Jahren." Sie sprach einige Worte in einer fremden Sprache zu Hanneh, wonach diese kräftig nickte. „Hanneh sagt auch, dass Essen gut."

„Dessert? Schokolade?", fragte *Mitsch*, als er aufstand und den Tisch abräumte. Hanneh schaute zur Mutter hin, die gnädig nickte. Also brachte *Mitsch* Schokolade aus der Küche mit, und während die Kleine die Süßigkeit genoss, spülte er das Geschirr.

Es ging auf den Abend zu. Hanneh lag mit ihrem neuen Teddybär und einem neuen Pyjama im Bett.

„Es ist erste Mal, dass sie ohne mich geht in Bett, *Mitsch*. Erste Mal seit Anfang Krieg", sagte Dilara, die mit ihm auf der Veranda saß. Er trank seinen ersten Whiskey und rauchte. „Erste Mal heute, sie hat gelacht."

„Armes Kind."

„Ja, Vater tot. Er kämpfen gegen Terrorist IS, wann überfalle unsere Dorf. Hanneh und ich flieh in Berge *Sindschar*, zusamm mit andere Frau und Kinder."

„Dein Mann ist also tot."

Sie nickte. „Er hat Bruder, ist auch fliehen Deutschland, zusamm mit Cousin. Weiß nit wo ist. Vielleicht ...vielleicht ..." Ihr versagte die Stimme, setzte neu an: „Hanneh und ich musse vielleicht dort wo Familie, versteh vielleicht, *Mitsch*?"

Er erkannte, dass sie sehr aufgewühlt war. „Wäre das nicht gut für dich und Hanneh? Familie, Sprache, Kultur, Religion?"

In dem Moment sandte die untergehende Sonne ihre Strahlen unter das Verandadach und beschien Dilaras Gesicht. *Mitsch* erschrak, weil ihm jetzt erst auffiel, was für eine schöne Frau sie war, mit glatter Haut und hohen Wangenknochen, langen Wimpern, gerader Nase und einem sanft geschwungenen Mund, und von einem Augenblick auf den nächsten spürte er eine Leere im Kopf. Eine Schwärze.

„Ich bin *Jesidin*. Für Frau ist ...Frau hat kein viel Wahl.“

Was wollte sie damit sagen? Einmal *Jesidin*, immer *Jesidin*? Er schaute sie an. War das Resignation, die er in ihren Augen sah? Schicksalsergebenheit?

„Ich bin müde, *Mitsch*, gehe in Bett. Danke für ...Danke.“ Sie ging ins Haus.

Fünf Minuten später stand *Mitsch* auf, um den zweiten Whiskey zu holen.

Wie immer stand er um acht Uhr auf. Die Morgensonne schien auf den Fenstervorhang und drückte ihr Licht durch das Gewebe ins Zimmer. Er schob den Vorhang zur Seite und schaute nach der Wetterlage, als er im Garten eine Bewegung bemerkte. Hanneh. Sie balancierte im Pyjama auf Zehenspitzen und ausgebreiteten Armen um die Pflanzen, und Kater *Morlock* folgte ihr in angemessenem Abstand mit aufgerichtetem Schwanz. Wenn der Abstand zu groß wurde, drehte Hanneh sich jeweils um und lockte ihn, und *Morlock* ließ sich nicht zweimal bitten. *Mitsch* sah deutlich, dass sich ihre Lippen bewegten. Sprach sie also? Und wo war Dilara?

Er verließ sein provisorisches Schlafzimmer und trat im Schlafanzug auf die Veranda. Er hatte Dilara dort erwartet, aber sie war nicht da. Es wird ein gutes Zeichen sein, wenn sie noch schläft, dachte er und begab sich ins Bad. Mit der Morgentoilette fertig, bereitete er das Frühstück zu. Er schnitt Brot, öffnete Knäckebrot- und Zwiebackverpackungen, trug Frischkäse, Marmelade, Honig, Butter und Orangensaft auf die Veranda, kochte drei Eier, brühte Tee auf und machte Kaffee. Er hatte keinen blassen Schimmer, was seine Gäste normalerweise frühstückten, aber er hoffte, dass das heutige Angebot ausreichte. Aus den Augenwinkeln beobachtete er Hanneh weiter, die in ihrem Spiel mit *Morlock* versunken und das Geschehen um sich herum auszublenden schien. So setzte er sich auf seinen Stammplatz und atmete den Frieden ein, der über diesem Morgen lag.

Er hätte nie gedacht, dass er eines Tages ein Kind zum Lachen bringen könnte. Er, der wahrscheinlich kontaktärmste Mensch dieses Landes, der sich bewusst aus allen sozialen Gemeinschaften zurückgezogen hatte. Dafür, dass es so war, war die Entscheidung, Dilara und Hanneh ein Dach über dem Kopf zu geben, ohne jede vorauseilende Abwägung gefallen und er wunderte sich, wie übergangs- und schmerzlos er mit der Situation umgehen konnte. Es wurde nicht mehr von ihm verlangt, als das Bescheidene, das er hatte, zu teilen, und das tat ihm absolut nicht weh.

Der Schatten, der über ihn fiel, gehörte Dilara.

„Guten Morgen", sagte sie und setzte sich neben ihn, nicht mehr ganz so steif wie tags zuvor.

„Guten Morgen", sagte auch er. „Ein schöner Tag heute. Hast du gut geschlafen?"

„Ja, sehr gut. Hanneh auch. Irgendwann sie weg", lächelte sie. „Tut ihr gut, kommen andere Gedanken."

„Wunderbar", meinte er und streckte sich. „Frühstück?"

„Ich möchte nachher zum Rathaus gehen", sagte er während sie aßen.

„Oh, du willst, wir mussen weg? Andere Haus?" Dilara erstarrte mitten in einer Bewegung.

Er schüttelte lächelnd den Kopf. „Nein, ich möchte sagen, dass du und Hanneh bei mir wohnen. Sie sollen nicht nach einer anderen Unterkunft suchen."

„*Mitsch*, nur wenn für dich in Ordnung. Bleiben gerne hier. Hanneh auch gerne. Sie ..."

„Natürlich, Dilara. Gerne."

Gegen halb elf Uhr betrat er das Vorzimmer des Bürgermeisters, der zwar selber nicht anwesend war, dafür die Sekretärin, Frau Dewald. Er schilderte, dass er Dilara und Hanneh wegen der Missstände in der Flüchtlingsunterkunft von *Mörschhausen* bei sich zu Hause aufgenommen habe und sie bei ihm wohnen bleiben. „Nur dass sie sie nicht suchen", sagte er abschließend.

„Wenn Sie aber weiterhin die finanzielle Unterstützung für Flüchtlinge haben wollen, müssen Sie sich nach *Mörschhausen* wenden. Die sind jetzt für sie zuständig."

„Nebenbei gefragt: Was war eigentlich die Brandursache in der hiesigen Unterkunft, weshalb die Flüchtlinge verlegt werden mussten?"

„Ein Blitz, natürlich, was sonst?", fuhr ihn Frau Dewald scharf an. „Es war ja eine Gewitternacht. Oder glauben Sie, es wäre ein Brandanschlag gewesen? Wir haben keine Rechtsextremisten in der Gemeinde."

„Ach so?", sagte er lapidar.

„Glauben Sie das etwa nicht?"

„Ich glaube nichts, Frau Dewald. Wo wurden Dilara und Hanneh eigentlich als Flüchtlinge erstregistriert?"

„Bei ihrer Ankunft am Flughafen in *Stuttgart*. Von dort aus sind sie uns dann zugeteilt worden."

„Weiß man, ob sie Verwandte in Deutschland hat?"

„Das ist nicht unsere Aufgabe. Das müssen die Flüchtlinge selber organisieren."

„Vielen Dank, Frau Dewald, und auf Wiedersehen."

„Auf Wiedersehen, Herr ..."

Sie fuhren über Land. Auf der Ladefläche des Suzuki hatte *Mitsch* neben der Gitarre und dem obligatorischen Rucksack eine Staffelei, Wasserfarben und Pinsel verstaut. Zu Dilaras Füßen stand ein gut gefüllter Picknickkorb, und neben Hanneh auf dem zweiten Rücksitz lag eine Decke, Wasserfarbenpapier und das Federballspiel. *Mitsch* hatte eine Lichtung mitten in einem Birkenwäldchen im Auge, die er für ein geeignetes Motiv für ein Aquarellbild hielt. Und sie war zudem auch ein wunderschönes Plätzchen, um zu ruhen oder zu spielen. Das Wetter lud förmlich zum Müßiggang ein.

Er verspürte keinen Druck, irgendetwas zu müssen. Er war gut gelaunt und die Begleitung war ihm sehr angenehm. Dilara saß entspannt nebenan, der Wind spielte mit ihrem seidenen Kopftuch. Hanneh, auf dem Rücksitz dem Wind mehr ausgesetzt, hatte von *Mitsch* eine alte Baseballkappe erhalten, um ihre braunen Locken zu bändigen. Ich werde ihr einen schicken Strohhut kaufen, dachte er, als er sie im Rückspiegel musterte.

Er bog von der asphaltierten Straße ab, und als es über unbefestigte Feld- und Waldwege ging, wackelte der Suzuki beträchtlich, doch Hanneh machte sich einen Spaß daraus, hielt die Arme hoch über den Kopf und begleitete die Erschütterungen mit einem Dauerton aus ihrer Kehle.

„Heute Morgen hat sie gesprochen", sagte Dilara bei dieser Gelegenheit. „Ich vor Freude geweint."

„Als ich auf dem Rathaus war?"

„Nein, vorher, im Zimmer. Hat gesprochen kurdisch. Unsere Sprache."

„Kann sie auch deutsch wie du?"

„Bisschen. Muss Zeit geben, dann kommt auch."

„Woher sprichst du so gut deutsch?"

„Flughafen *Stuttgart*. Wir dort zwei Wochen in Container wohnen. Dort Deutschkurs."

Er lenkte den Jeep vom Feldweg herunter und zog die Handbremse. Man konnte die Lichtung vom Wegesrand erkennen, es waren nur wenige Schritte abseits. Sie schleppten die mitgebrachten Sachen dorthin und breiteten die Decke über das Gras. Dilara setzte sich und Hanneh probierte den Kopfstand. *Mitsch* stellte die Staffelei auf.

„*Mitsch*", fragte sie, „darf ich?"

Der Ton ihrer Stimme ließ ihn aufhorchen. Er drehte sich zu ihr um. Sie hatte die Hände am Kopftuch und war bereit, es abzusetzen. Urplötzlich hing die unmittelbare Präsenz einer anderen Kultur in der Luft, und schlagartig begriff er, welcher Schritt ihre Frage für sie bedeuten musste. Sie war, wer sie war, aufgewachsen, erzogen und eingebettet in die Gesetze, Traditionen und Vorschriften der heimatlichen Gesellschaft, als Frau noch einmal in einem besonderen Maße. Was ihre Frage betraf, war es normalerweise ein Frevel, vor einem fremden Mann das Kopftuch abzulegen, und er war zudem Angehöriger eines anderen Kulturkreises, einer anderen Religion. Es war quasi eine Sünde, sich ihm barhäuptig zu zeigen. Er ging vor ihr in die Hocke und schaute in ihre Augen. Mutig hielt sie dem Blick stand.

„Willst du?", fragte er sie leise.

„Ja", antwortete sie fest.

Er streifte behutsam das Tuch von ihrem Haar und legte es in ihre Hände.

„Du musst mich nicht fragen, was du tun sollst", sagte er. „Aber ich verstehe dich." Dann riss er sich von ihrem Anblick los und erhob sich. „Jetzt werde ich mal versuchen zu malen. Hanneh, magst du mir helfen?"

Hanneh saß mit dem Teddybär neben ihm auf dem Boden und malte, Zunge zwischen den Lippen, mit Buntstiften auf ein Blatt Papier, das *Mitsch* ihr samt einem Karton als Unterlage gegeben hatte. Baumstämme, Blätter, Gras, den Himmel und die Sonne, die Decke mit Mama, und *Mitsch* und sich selbst mit Teddy. Sie hatte viel zu tun.

Mitsch an seiner Staffelei malte in der gewohnt minimalistischen Art. Nach einer Stunde erklärte er die Arbeit als so weit fortgeschritten, dass er sie zu Hause beenden konnte. Er sagte zu Hanneh: „Wenn du fertig bist, schlafen wir ein bisschen."

„Nicht fertig", antwortete sie selbstvergessen und malte intensiv weiter.

Dilara lag rücklings auf der Decke, einen Arm zum Schutz vor der Sonne über die Augen gelegt, das lange braune Haar wie ein Fächer um den Kopf.

„Darf ich?", fragte er neben ihr stehend.

„Du muss nicht fragen, was du willst tun", erwiderte sie mit einem Lächeln auf dem Mund.

„Doch, in diesem Fall schon. Du bist eine Frau und kannst sagen, dass du es nicht magst."

„Gut. Dann du darfst, *Mitsch*."

Umständlich streckte er sich neben ihr aus. Als Hanneh das sah, ließ sie Karton, Papier und Buntstifte fallen, kam rasch gesprungen und quetschte sich an Dilaras andere Seite.

„Du hast schöne Haare, Dilara", murmelte er.

„Danke, *Mitsch*."

„Hast du gehört? Hanneh hat mit mir gesprochen."

„Habe gehört, ja."

Dann schwiegen sie, bis auf Hanneh, die mit den Händen in den Sonnenstrahlen spielte und vor sich hinsummte, lagen nebeneinander und atmeten tief. Er achtete lediglich darauf, Dilara nicht zu berühren.

Die Sache mit dem Kopftuch ging ihm nicht aus dem Kopf. War es so etwas wie ein Vertrauensbeweis? Sie hatte ihn um Erlaubnis gefragt. Weil sie sich heimisch fühlen wollte? Die Sehnsucht nach einem Stück Normalität? Oder weil sie sich bei ihm bereits heimelig fühlte? Und wenn er *nein* gesagt hätte? Ach, er interpretierte Dinge in diese Geste hinein, die wahrscheinlich überhaupt nichts zu bedeuten hatten. Am besten, er ließ es einfach so, wie es war.

Er musste eingeschlafen sein, denn er erwachte, weil um ihn herum der Lärm eines Kindergartens ausgebrochen war. Aber als er sich aufsetzte, waren es nur die beiden Mädels, die Federball spielten, dabei aber vor Vergnügen kreischten und lachten. Schlafmützig schaute er aus der Wäsche.

„Kann ich mitspielen?", fragte er und wusste nicht, was ihm blühte, denn er wurde in die Mitte beordert, um den Federball zu fangen, und bald war er außer Puste, während Hanneh sich kringelte vor Lachen, und aus Dilaras erhitztem Gesicht strahlte das

Glück, weil er sich tollpatschig anstellte und den Federball nie erwischte.

Dann kam der Hunger und sie bedienten sich auf der Decke aus dem Picknickkorb. Nudelsalat mit Erbsen und Karotten, Weißbrot und Apfelschnitze und Schokoladekekse. Danach bat Dilara, dass er für sie etwas auf der Gitarre spielen und singen solle, und er setzte sich, die Gitarre auf den Oberschenkeln, und sang für das kleine Publikum *Scarborough Fair* nach der Interpretation von *Simon and Garfunkel*, und dann das Lied *Le plat pays* von *Jacques Brel*. Hanneh schaute dabei gebannt auf das Instrument, auf seine Hände, und sie schien die Vibrationen zu empfangen und aufzusaugen, denn nach nur wenigen Takten begleitete sie *Mitschs* Spiel und Gesang mit einer Stimme, die aus tiefster Seele kam.

Es gab keine Zeit und keinen Grund, um zurückzufahren. Die Stunden auf dieser Lichtung hätten bis in die Unendlichkeit so weitergehen können, und doch brachen sie auf, als die Sonne sich den Wipfeln der Birken näherte. Dilara setzte das Kopftuch wieder auf.

In der Nähe von *Weißwasser* stießen sie auf einen überfahrenen Igel. *Mitsch* bremste und hielt an, stieg aus und bereitete mit Kartonschachtel, Gewebeabschnitt und Klappspaten die Beerdigung vor. Hanneh drängte darauf, zuschauen zu dürfen, und *Mitsch* hatte keinen Einwand. So sah sie zu, wie er den toten Igel in das Gewebe wickelte und dann in den Karton legte. Wie er eine Stelle neben der Straße bestimmte, um ein passendes Loch zu graben, den Karton darin versenkte und das Grab wieder mit Erde bedeckte.

„Singen?", fragte Hanneh.

„Ja. Magst du mir helfen?"

Sie nickte. Er holte die Gitarre und stellte sich mit Hanneh an den Straßenrand.

„Welchen Namen soll der Igel bekommen?", frage er sie.

Sie bohrte mit einem Finger im Ohr und lief geschwind zur Mutter zurück, die die Szene neben dem Auto stehend verfolgte. *Mitsch* wartete, bis sie wieder zurückkam.

„*Piek*", sagte sie.

„Der Igel soll *Piek* heißen?"

Sie nickte und schaute zu Dilara zurück.

„Ein schöner Name für einen Igel. Dann lass´ uns für *Piek* singen."

Er stimmte den Akkord für *Country Roads* von *John Denver* an, und bei der zweiten Strophe beherrschte Hanneh bereits fast die Melodie, und bei der dritten Strophe bildeten sie ein perfektes Duett. Als das Lied zu Ende war, verbeugte sich *Mitsch* zuerst vor dem Grab, dann vor Hanneh, und sagte „Danke, lieber *Piek*, und danke liebe Hanneh."

Als *Mitsch* und Hanneh zum Suzuki zurückgingen, neben dem Dilara wartete, bemerkte er, dass sie ihm mit einem seltsamen Blick entgegensah.

„Ist was, Dilara?"

Sie schüttelte aber bloß den Kopf, und er hielt Datum, Tier und Ort in seinem Notizheft fest.

Am Abend, Hanneh lag mit dem Teddybär schon im Bett, beugten Dilara und *Mitsch* die Köpfe über seinen Laptop. Er hatte *Google Earth* aufgerufen, denn sie hatte ihm den Namen ihres Dorfes genannt, in der Nähe der Kleinstadt *Sariyalak*, und sie flogen virtuell aus dem All auf die Erde zu, den Nord-Irak, das *Sindschar*-Gebirge, ihre Heimat. Dilara trug das Haar ohne Kopftuch wieder offen.

Sie gingen die Sache ziemlich pragmatisch an, trotzdem war *Mitsch* ernüchtert, wie öde und wüst sich das Land aus der Satelitenperspektive präsentierte.

„Nicht gut erkennen", sagte Dilara, „ist viel zerstört in Krieg." Sie zeigte ihm den ungefähren Weg, den sie mit Hanneh auf der Flucht in die *Sindschar*-Berge genommen hatte. Er fragte sich, wie man in solch einer leeren Gegend überleben konnte, ohne Schutz und ohne Essen und Trinken, ständig in Gefahr, eingeholt und verschleppt und versklavt zu werden.

„Wir Glück", sagte sie. „Andere Frauen kein Glück. Schlimm."

Es war die Zeit des ersten Whiskeys. Sie saßen auf der Veranda und verfolgten das Abendrot. „Hanneh ist sehr musikalisch", sagte er. „Sie kann Töne fühlen und sie besitzt eine natürliche Begabung für Harmonien. Das ist sehr selten."

Dilara setzte zu einer Antwort an, doch ihr Mund verweigerte die Aussprache.

„Bist du damit einverstanden, wenn ich ihr eine Gitarre für Kinder kaufe? Ich glaube, sie würde es sehr schnell lernen und dass es ihr gefallen würde."

Dilaras Augen wurden feucht, sie atmete schwer, und dann kullerte auch eine Träne die Wange hinunter.

„*Mitsch*, ist nicht nur Musik. Bist auch du. Du verstehst Kind. Du spielst mit Hanneh. Sie ist, wie noch nie. Ich sehe das. Sie ist glücklich. Was ist, wenn wir musse fort? Dann ist wieder traurig."

„Aber ihr müsst nicht fort. Ihr könnt doch hierbleiben." Er ahnte, was sie sagen würde.

„*Mitsch*, geht nicht und du weißt. Kannst nicht immer schlaf auf Sofa. Das ich will nicht. Und Hanneh muss Schule. Hier ist nicht gut für Schule. Hier ist Hanneh allein. Keine andere Kinder. Versteh *Mitsch*."

Jetzt war er es, dem die Stimme den Dienst versagte.

„Bruder von mein Mann wird komm. Er und Cousin und Frau. Habe Familie dort. Du selber gesagt. Kultur, Religion, Sprache. Ist wichtig."

Dilara war zu Bett gegangen und Mitsch beim zweiten Whiskey angelangt. Über den Bergen im Westen kündete nur noch ein dunkelroter Streifen davon, dass es ein schöner Tag und Abend gewesen war.

Er musste eingestehen, dass Dilara recht hatte. Hanneh musste zur Schule, und hier im Dorf würde sie zweifellos untergehen. Und tatsächlich war die Lösung mit dem Sofa nur eine Notlösung und konnte auf Dauer natürlich nicht so bleiben. So oder so, es war und blieb ein Provisorium, und dass er vor ein paar Tagen zu einer spontanen Hilfsaktion bereit gewesen war, war der Situation in *Mörschhausen* geschuldet. Dass er Hanneh inzwischen ins Herz geschlossen hatte, stand auf einem anderen Blatt, und als er vorhin nicht weit davon entfernt gewesen war, es Dilara zu gestehen, hatte ihn irgendetwas daran gehindert.

Er zündete sich eine Zigarette an.

Dennoch. Morgen würde er mit den beiden nach *Durlangen* fahren und für Hanneh eine Gitarre kaufen. Ihr Talent war so offensichtlich, dass man ihr die Chance geben musste. Davon ließ er sich nicht abbringen.

So geschah es. Bei Musik-Heller in *Durlangen* ließ er für Hanneh eine Gitarre anpassen. Ihm war klar, dass sie diesem Instrument rasch entwachsen sein würde, aber er dachte, dass sie das an dem jetzigen Instrument erlernte Wissen später ohne weiteres auf eine größere Gitarre würde übertragen können.

Sie war sehr stolz. Wieder zu Hause erklärte *Mitsch* ihr, wie man die Gitarre stimmt, und zeigte ihr die ersten drei einfachen Akkorde. Da man mit drei Akkorden schon eine Menge anstellen kann, spielte *Mitsch,* er auf seiner alten *Lady*, mit ihr einige Lieder, die mit der Drei-Akkord-Begleitung auskamen. Wenn das nicht der Beginn einer großartigen Karriere war.

Es war schönster Sommer, und zweieinhalb Wochen gingen vorüber. Das Thema eines *Fortmüssens* wurde in diesen Tagen nicht mehr angesprochen, doch gingen Dilara und *Mitsch* sehr vorsichtig und behutsam miteinander um. Sie fuhren weiterhin übers Land, picknickten hier und da, wo es ihnen gefiel, *Mitsch* malte weiterhin seine Aquarelle, und sie spielten alle zusammen mit wachsender Begeisterung Federball. Fanden sie bei ihren Fahrten ein totes Tier auf der Straße, vollzog er sein Ritual, mit dem Unterschied, dass Hanneh mit ihm Gitarre spielte und sang.

Sie kochten täglich gemeinsam, und *Mitsch* lernte von Dilara, die zu Hause, oder wenn sie in der freien Natur allein waren, ohne Kopftuch ging, wie man mit einfachsten Mitteln knusprige Brotfladen herstellt, die man nach Belieben pur essen oder auch mit vielerlei Zutaten füllen konnte.

Über allem jedoch schwebte Tag für Tag eine unsichtbare aber gegenwärtige Melancholie, wie ein grauer Schleier aus leichtester Gaze, und wenn *Mitsch* abends alleine auf der Veranda saß, wenn Dilara schon zu Bett gegangen war, wurde er von einem seltsam traurigen Schmerz befallen, der ihm alle Kräfte zu rauben drohte.

Eines Morgens wachte er auf, geweckt von einer Ahnung oder einer Idee, ging in die Küche und machte sich einen Kaffee. Er wartete, bis Dilara aus dem Schlafzimmer kam.

„Guten Morgen", sagte er. „Ich werde rasch nach *Durlangen* fahren. Bin in spätestens einer Stunde wieder da. Nur, damit du weißt, wo ich bin."

Schon war er unterwegs, und wie er versprochen hatte, nach nicht einmal einer Stunde wieder zurück. Hanneh spielte bereits im Garten mit *Morlock*.

„Dilara", sie bereitete das Frühstück vor, „ich möchte dir etwas geben und ich möchte, dass du es annimmst." Er öffnete die Plastiktüte von *Media-Markt*, zog eine Schachtel hervor und gab sie ihr. Sie öffnete. Ein Smartphone. „*Mitsch*?", fragte sie.

„Es ist ...ich habe gedacht ...es ist für den Fall, dass du hier weggehst. Zu deiner Familie. Ich möchte, dass du weißt, wo ich bin. Wir sind keine Fremde mehr. Wenn du ...falls ...ich speichere dir meine Telefonnummer ein. Okay?"

Seine Ahnung hatte ihn nicht getrogen. Am nächsten Nachmittag, als sie von einer Überlandfahrt zurückkamen, standen zwei Personenwagen in der Zufahrt bei den Pappeln. Groß und teuer. *Kölner* Kennzeichen. Dilara wurde blass und erschrak.

Wie sie vorhergesagt hatte. Der Bruder ihres verstorbenen Mannes, dessen Cousin, und die Frau des Cousins. Dazu Dilaras Schwiegermutter. Dilara stieg aus dem Suzuki und ging auf die beiden Autos zu. *Mitsch* und Hanneh stiegen ebenfalls aus, blieben jedoch zunächst beim Suzuki stehen.

Mitsch beobachtete die Begrüßungen, die für seine Verhältnisse ziemlich reserviert ausfielen. Dilaras Hände fassten plötzlich an die Haare. Mist, sie hatte kein Kopftuch auf. Sie eilte zu ihm zurück, riss die Beifahrertür auf und band sich in fliegender Eile das Kopftuch um. Dann eilte sie zu den Besuchern zurück.

Mitsch bemerkte, wie sich die Leute zu ihm umdrehten. Er nahm Hanneh an der Hand und ging auf die Gruppe zu. Kaum dort, wurde Hanneh ihm mehr oder weniger aus der Hand gerissen. Die Frau des Cousins war es wohl, die das Mädchen an ihre Brust riss und mit übertriebenem Trara überschwänglich herzte und küsste. Dilara stellte *Mitsch* vor. Er reichte den Männern die Hand. Die Schwiegermutter ließ ihn abblitzen.

„Das ist meine Familie, *Mitsch*", sagte Dilara mit bebender Stimme.

Mitsch nickte. „Darf ich Sie zu einem Kaffee oder Tee einladen? Sie haben bestimmt Durst nach der langen Fahrt."

„Gerne", sagte der Mann, der der Bruder ihres Mannes zu sein schien. „Während Dilara ihre Sachen packt. Aber vielleicht etwas Kühles?"

„Kein Problem", antwortete *Mitsch*, und strebte auf weichen Knien dem Haus zu. Dilara kam ihm nachgeeilt. Als sie in der Küche waren, sagte er:

„Es ist soweit, nicht wahr?"

„Ja, *Mitsch*." Sie überraschte ihn mit einer verzweifelt anmutenden, heftigen Umarmung. „Es ist soweit. Danke für alles."

„Vergiss´ das Telefon nicht", sagte er. „Ich bin da."

Zeit, um mehr zu sagen gab es nicht, denn die Tür wurde aufgestoßen und die Männer traten ein, beide kräftige, breite Figuren, sehr einnehmend und präsent. *Mitsch* schenkte vier Gläser mit Mineralwasser ein, stellte sie auf ein Tablett und trug es nach draußen auf die Veranda. Von den Frauen setzte keine auch nur einen Fuß dorthin, weshalb er ihnen die Gläser zureichen musste.

Es gab nicht viel, das Dilara einzupacken hatte, weswegen es keine fünf Minuten dauerte, bis sie, einen geborgten alten Koffer *Mitschs*, vor das Haus trat. *Mitsch* ging zum Suzuki, nahm zuerst klammheimlich sein Notizheft hervor und schrieb die Autonummern der beiden Wagen auf, man konnte ja nie wissen, holte dann Hannehs Gitarre und ihren Teddybär und drückte die Sachen einem der Männer in die Hand.

Dilara streckte *Mitsch* förmlich die Hand entgegen. Er sah, dass ihr Kinn zitterte.

Hanneh kam gesprungen und schrie „*Miiiiitsch*", und klammerte sich an seine Beine. Die Frau des Cousins zog sie von ihm weg. Sie stiegen in die wartenden Autos.

Rückwärts fuhren sie die Einfahrt hoch. Hannehs Gesicht klebte am Fenster, rief seinen Namen, immer und immer wieder. „*Mitsch, Mitsch, Mitsch.*"

Sie erreichten die Straße, legten den ersten Gang ein, und als sie anfuhren, flog etwas aus einem der Wagenfenster – und dann waren sie weg.

Er ging wie betäubt die Einfahrt hoch. Neben der Straße lagen Hannehs Gitarre, beschädigt mit gebrochenem Hals, und der Teddybär. *Mitsch* hob beides auf, stakste auf steifen Beinen zum Haus zurück, und dann weinte er.

Wochen vergingen, dann Monate. Es wurde Herbst, November, der Winter stand vor der Tür. *Mitsch* hatte mittlerweile Hannehs Gitarre reparieren lassen, obwohl er nicht sicher war, ob sie jemals wieder darauf spielen würde, und er hatte seine Rituale wieder aufgenommen, war aber von einer trüben Lethargie befallen. Ohne es bewusst beeinflusst zu haben, spielte er seine Lieder für die toten Tiere nur noch in einem traurigen Moll, und verdächtig oft erklang an den Rändern der Straßen *Jacques Brels* trauriges Chanson *Ne me quitte pas.*

In den ersten Nächten schlief er miserabel. Er war vom Sofa wieder ins Schlafzimmer gewechselt, obwohl ihm klar gewesen war, dass er sich damit keinen Gefallen tun würde. Denn das Kopfkissen roch nach Dilaras Haaren, und die Sehnsucht, die er tagsüber durch Ablenkungen noch im Zaum halten konnte, wuchs ihm nächtens über den Kopf. Er wälzte sich hin und her, stand auf, streifte ruhelos durch die Wohnung, und wusste im Prinzip nicht, was mit ihm los war, beziehungsweise scheute er sich davor, die Frage danach zu stellen, weil er die Antwort nicht ertragen hätte.

Einmal, als er wegen irgendeiner Angelegenheit ins Dorf gegangen war, den Anlass wusste er hinterher nicht mehr, war er zufällig an dem Grundstück des Mannes vorbeigekommen, der ihn damals, als er die Flüchtlingsunterkunft besuchte, wegen *Totensänger* und *Teufelsanbeter* angesprochen hatte. Und auch jetzt meinte der Typ, ihn dumm anquatschen zu müssen.

„War wohl nix mit *Totensänger* und *Teufelsanbeterin*?" Da hatte sich *Mitsch* die Freiheit genommen und ihm die Faust mitten ins Gesicht gedonnert. Natürlich wurde er angezeigt, was ihm nichts ausgemacht hatte, und er war wegen Körperverletzung zu einer Geldstrafe verurteilt worden, die er gerne bezahlte.

Der einzige, mit dem er sprach, war Kater *Morlock*, und weil er eigentlich auch keinen echten Hunger verspürte, hatte er einige Kilo abgenommen.

Aus dem Gedächtnis malte er ein Porträt von Hanneh, und weil er sich sehr viel Mühe gegeben und sich Zeit gelassen hatte, wurde es ihr recht ähnlich. Es verstand sich von selbst, dass er Hannehs Porträt nicht zum Verkauf anbot.

Als er allerdings ein Porträt von Dilara anfertigen wollte, bemerkte er bald, dass er das nicht schaffen würde. Nicht, weil er nicht mehr wusste, wie sie aussah, sondern weil er dabei zu sehr zitterte.

Es war der zweite Whiskey, den er sich eingeschenkt hatte, und den er mit einer Zigarette auf der Veranda trinken wollte. Es war nach zehn Uhr abends, dreiundzwanzigster November. In all der Zeit hatte er nicht einen einzigen Anruf oder eine SMS von irgendwem erhalten. Er war, was die Community betraf, dort angekommen, wo er früher immer hinge-wollt hatte. Im absoluten Nichts.

Deswegen wusste er nicht, als das Geräusch an seine Ohren drang, wie er es einordnen sollte. Hätte das Smartphone nicht geblinkt und vibriert – er hätte es vermasselt. Ein Anruf war es nicht, weil es nur einmal das Geräusch von sich gegeben hatte. Er öffnete die SMS-Seite. Eine Nachricht. Ihm wurde heiß und kalt. Die Finger zitterten als er auf das Symbol drückte. Die Nachricht bestand nur aus einem einzigen Wort:

Mitsch!

Er war mit dem Zug angereist. *Köln* Hbf.

Dem Suzuki hatte er die lange Fahrt bei den herr-schenden Wetterverhältnissen nicht zugetraut. Schlechte Heizung, flatterndes Verdeck, undeutliche Sichtverhältnisse, Regen, Schneefall, Straßenglätte, - und wenn er ehrlich sein wollte, er sich selber auch nicht. Zu nervös, zu aufgeregt, vielleicht auch zu ungeduldig. Alternative? Der Zug. Die Bahn.

Er stand vor dem Haupteingang mit Blick auf den mächtigen Dom und über die Domplatte. Ein Uhr, hatte sie gesagt, wir kommen dann direkt auf dich zu. Aber es war erst viertel vor eins, und vielleicht, dachte er, hoffte er, kommen sie schon ein paar Mi-nuten früher. Er war nervös, trockener Mund, Ach-selnässe, er rauchte schon die dritte Zigarette am gleichen Fleck.

Mitsch!

Gestern Abend. Das Telefon in der Hand. *Mitsch!* Er starrte es an, als wäre es ein lebendiges Wesen. Was sollte er tun?

Er wählte die Nummer. Freizeichen. Nach dem ersten Freizeichen wurde das Gespräch angenommen. „Dilara?", fragte er vorsichtig.

„*Mitsch!* Ach *Mitsch!* Du bist es. Deine Stimme." Sie weinte, schluchzte. „*Mitsch*? Kannst du uns abholen? Morgen am Bahnhof? Ein Uhr?"

Er schaute auf die Armbanduhr. Dreizehn Minuten vor eins. Es begann zu regnen. Die Spitzen der Domtürme verschwanden in tiefhängenden Wolken, als würden sie von Säure aufgelöst. Er wusste bald nicht mehr, in welche Richtung er schauen sollte. So viele Menschen in dieser Stadt. Unzählige, die in den Bahnhof strömten, und ebenso viele, die ihn verließen. Er sah an sich hinunter. War er überhaupt angemessen gekleidet? Unter dem Pullover, auf seinem Bauch, hielt er Hannehs Teddybär warm. Er schob deswegen eine Kugel vor sich her, als hätte er einen Bierbauch. Egal, denn er hoffte, dass er nicht mehr lange so blieb.

Und dann bemerkte er eine Unruhe in der Menge, Menschen, die jemandem auswichen, der sich ungestüm durch die Masse aus Leibern pflügte. Dann hörte er ihre Stimme: „*Miiiiitsch! Miiitsch!*", und sah sie heranfliegen, wirbelnde Beinchen über dem Pflaster. „*Miiiitsch!*", wehende Haare im Sturmlauf, landete sie ungebremst in seinen Armen. Er fing sie auf und hob sie hoch, und er rief: „Hanneh, meine

Hanneh", und sie umarmte ihn unbändig, dass sein Hut vom Kopf flog und davonrollte.

Seine Augen suchten unterdessen nach ihr, Dilara. Dann stand sie da, vor ihm, eine Kapuze gegen den Regen über dem Haar, seinen alten Koffer in der Hand, Wassertropfen im Gesicht, und er konnte nicht sagen, ob es Regentropfen oder Tränen waren. Unwichtig. Sie war da. Er schob Hanneh auf einen Arm, griff mit der Hand unter den Pullover und reichte ihr den Teddybär. Dann ging er zwei Schritte auf Dilara zu. Sie ließ den Koffer fallen und umarmte ihn.

„Dilara."

„*Mitsch*."

Er hatte ein Zug-Ticket gelöst, das für die Strecke entlang des Rheins gültig war. Er wollte Dilara und Hanneh zeigen, wie schön dieses Land sein konnte, wenn man einmal von den Bewohnern absah. Leider sahen sie bei dem diesigen Wetter nicht viel, und selbst wenn herrlichster Sonnenschein geherrscht hätte, wäre das Interesse an der vorüberziehenden Landschaft begrenzt gewesen, denn die Aufmerksamkeit im Zugabteil richtete sich aufeinander.

Mitsch hatte drei Plätze nebeneinander reserviert. Er saß in der Mitte, Hanneh lag, den Kopf auf seinem Schoß, quer über den Sitz am Fenster und beschäftigte sich mit dem Teddybär, und Dilara lehnte sich, ohne Kopftuch, von der anderen Seite an seine Brust und Schulter.

In *Karlsruhe* stiegen sie um, nahmen die Regionalbahn nach *Durlangen*, wo der Suzuki wartete, und kurz darauf hielten sie vor seinem, oder besser, vor ihrem Haus. Hanneh raste voraus, schloss die Tür auf und schnell war sie drin. Kater *Morlock* erwartete sie, und ihre Gitarre lag auf dem Küchentisch, und ihr Porträt hing an der Wand über ihrem Bett.

„Das bin ich", rief sie, und *Mitsch* erfuhr von Dilara, dass das die ersten Worte seit dem Sommer waren, die nicht nach *Ich will zu Mitsch* klangen, denn nur diese Worte hatte sie wie eine Endlosschleife auf Kurdisch gesagt, wenn sie unter sich waren. Immer nur *Ich will zu Mitsch*.

Später am Abend, als sie mit *Mitsch* auf dem Sofa saß und Hanneh selig in ihrem Bett schlummerte, erzählte Dilara, die nun viel besser Deutsch sprach, weil sie in *Köln* anfänglich einen Deutschkurs besucht hatte, von ihrem Aufenthalt bei ihrer Familie. Hanneh war an einer Schule angemeldet worden, musste sie aber nach einer Woche wieder verlassen, weil sie sich weigerte zu sprechen.

Ihr, Dilara, gab man Zeit, sich einzuleben. Der Bruder ihres Mannes und seine Mutter, also ihr Schwager und ihre Schwiegermutter, bewohnten eine geräumige Wohnung, in der Dilara und Hanneh ein eigenes Zimmer bekamen. Nach einer gewissen Karenz begann sie merken, dass man sie in Richtung einer Eheschließung beschwatzte, schließlich sei sie *Jesidin* und könne nur einen *Jesiden* zum Mann nehmen, wenn sie nicht aus der Religionsgemeinschaft ausgestoßen werden wollte. Von dem Zeitpunkt an begann ihr Schwager sie zuerst zu umwerben, dann zu bedrängen, und letztendlich untersagte man ihr, die Wohnung zu verlassen. Hanneh verweigerte hartnäckig weiterhin, mit jemand anderem als mit ihr zu sprechen, und auch ihr gegenüber wiederholte sie stoisch die Worte *Ich will zu Mitsch*. Mehr nicht.

Dilara wurde krank, litt an anhaltendem Fieber, ohne erkältet zu sein, schloss sich ihrerseits in ihrem Zimmer ein und verließ den Raum nur sporadisch, um den ärgsten Hunger oder Durst zu stillen. Die Schwiegermutter, die wie ein Drache die Wohnung hütete, drohte, ihr Hanneh wegzunehmen, denn sie sei die Tochter ihres Sohnes.

Mitsch hörte zu und nahm ihre Hand in seine.

„Ich habe dann ein Gespräch verlangt", fuhr Dilara fort. „Ein Gespräch unter Zeugen. Vorgestern Abend haben wir uns in der Wohnung getroffen. Die Schwiegermutter, der Schwager, sein Cousin und dessen Frau. Ich habe gesagt, dass er mich zur Frau haben kann, aber ich werde ihn nicht lieben. Ich habe gesagt, dass er mit mir reden kann, aber ich werde ihm nicht antworten. Ich habe gesagt, dass er mit mir schlafen kann, aber ich werde nicht anwesend sein. Ich habe gesagt, Hanneh wird sein Kind werden, aber sie wird nicht mit ihm lachen. Und dann habe ich gefragt, ob sie das alles so wollen."

„Und dann, was ist dann passiert?"

„Ich bin aufgestanden und in mein Zimmer gegangen. Gestern Abend haben sie dann zu mir gesagt, dass ich frei bin und mit Hanneh gehen kann, wohin ich will. Und den Rest weißt du. Ich habe dir die Nachricht geschickt, und du bist gekommen."

Er saß neben ihr und hielt weiterhin ihre Hand.

„Und du? Wie ist es dir ergangen? Du siehst abgemagert aus, *Mitsch*."

Was sollte er ihr antworten? Sollte er ihr gestehen, dass er sie vermisst hatte? Dass er sehr traurig gewesen war? Dass er die Lust zu leben verloren hatte? Was war schon sein bisschen Leid gegenüber den Herausforderungen, denen sie ausgesetzt gewesen war? Er atmete schwer ein und aus, ließ ihre Hand los und versuchte mit den Händen etwas auszudrücken, das so nicht zu beschreiben war. Da fing sie seine Hände ein.

„Entschuldige, du musst nichts sagen. Ich glaube, ich weiß es auch so. Es tut mir unendlich leid, *Mitsch*. Weißt du noch, was du zu mir gesagt hast, als du mir das Telefon gabst?"

Er hob die Schultern.

„Du hast gesagt: *Wir sind keine Fremde mehr*. Erinnerst du dich?"

„Ja, das hatte ich gesagt."

„Und jetzt? Denkst du, es ist noch so?"

„Heute mehr denn je", flüsterte er, die Augen unter die Decke gerichtet.

„*Mitsch*, würdest du mich bitte anschauen? Du brauchst dich nicht zu schämen. Sag's bitte nochmal."

Er schaute ihr jetzt in die Augen. „Du hast mir gefehlt, Dilara, jede Stunde und Minute, die wir getrennt waren."

„Ich weiß. Du hast mir auch gefehlt. Jetzt bin ich frei, *Mitsch*.“

„Für mich?“

„Wenn du willst.“

Das Leben pendelte sich wieder ein. Hanneh blühte auf und lernte die deutsche Sprache so unkompliziert, wie nur Kinder es fertigbringen, ohne ihre Heimatsprache zu vernachlässigen. *Mitsch* zeigte ihr weitere Griffe auf der Gitarre, und sie saugte alles auf wie ein trockener Schwamm.

Das Haus indes wurde nicht automatisch größer, nur weil mehr Personen darin wohnten. *Mitsch* schlief, wie auch im Sommer, auf dem Sofa im Wohnzimmer. Dilara und er pflegten einen innigen, zärtlichen Umgang miteinander, getragen von gegenseitigem Vertrauen, und sie banden Hanneh mit ein, sodass sie die Liebe und Sicherheit gewann, auf die sie sich als Kind jederzeit berufen konnte.

Es war im Dezember gegen Ende des Jahres, als *Mitsch* in der Nacht auf dem Sofa aufwachte. Er spürte sofort, dass im Zimmer etwas anders war. Dass außer ihm noch jemand im Raum war. Eine Hand legte sich auf seine Schulter. Ein leises Flüstern: „*Mitsch*.“

„Dilara?“

„Darf ich zu dir kommen?“

Er rückte zur Seite, obwohl nicht viel Platz zum Rücken vorhanden war. „Wenn du willst?“

Ab Januar wurde in *Durlangen* eine Schulklasse für Kinder mit Migrationshintergrund eingerichtet, und Hanneh brannte darauf, endlich zur Schule gehen zu dürfen. Für *Mitsch* bedeutete es zwar, früher aufstehen zu müssen, weil er sie nach *Durlangen* fahren musste, aber es war ein weiterer Schritt, der das Familienbild abrundete.

Eines Tages im Frühjahr fragte er Dilara, was sie davon halten würde, in ein größeres Haus zu ziehen.

„Hanneh wird bald ein eigenes Zimmer brauchen."

„Und du müsstest nicht mehr auf dem Sofa schlafen."

„Stimmt, aber daran habe ich nicht zuerst gedacht."

Sie sagte eine Weile nichts, räumte irgendwas von einer Seite auf die andere, um es dann doch wieder dorthin zu stellen, wo es vorher war. Dann sagte sie:

„Ich liebe dieses Häuschen. Wenn ich es verlassen müsste, würde ich mich immer danach sehnen. Ich fühle mich hier so geborgen. Es ist zu meiner und Hannehs Heimat geworden. Frag´ Hanneh, aber ich glaube, sie würde das Gleiche sagen."

„Aber der Platz ..."

„Ja, der Platz. Und wenn wir uns überlegen, ein zusätzliches Zimmer für Hanneh anzubauen?

„Du meinst ..."

„Wenn es machbar wäre?"

„Gut, wenn du meinst, dann lass´ uns darüber nachdenken. Und fragen wir Hanneh."

Dilara lächelte. Nicht, weil sie etwas lustig empfand, sondern weil ihr wieder vor Augen geführt wurde, wie enorm der Unterschied zwischen *Mitsch* und den Männern aus ihrer alten Heimat Irak zu Tage trat. Ihr verstorbener Mann, oder dessen Bruder, oder jeder andere irakische Mann würde sich einen Teufel darum scheren, was die Frau, geschweige denn die Tochter, für eine eigene Meinung haben könnte. Das patriarchische Männer-System bestimmte, und dagegen hatte es keine Einwände zu geben. Keinem würde je einfallen, eine Frau zu fragen. *Mitsch* dagegen lebte die Gleichberechtigung. Er brach sich keinen Zacken aus der Krone, in der Küche Geschirr zu spülen oder Wäsche aufzuhängen. Undenkbar für einen Mann im Irak.

„Hältst du mich eigentlich für verrückt?", fragte er nebenbei.

„Nanu, wie kommst du denn auf sowas?"

„Nun, die Leute im Dorf halten mich für verrückt, weil ich für die Tiere singe."

„Du bist einzigartig, *Mitsch*. Leute, wie sie im Dorf leben, gibt es schon genug. Und sieh dir Hanneh an. Wie sie dir nacheifert. Denkst du, Hanneh würde etwas Verrücktes tun? Sind nicht Kinder die normalsten Menschen auf der Welt? Aber Gegenfrage. Trauerst du deinem früheren Leben nach? Der Einsamkeit? Der Selbstbestimmung? Dem Ungestörtsein? Hast du es nicht einst geliebt, so zu leben, wie du lebtest?"

„Hm, wie soll ich es dir sagen. Ich habe nichts verloren, das mir wichtiger wäre als du und Hanneh. Ich singe noch immer, und da du bei mir bist, gewinne ich sogar an Persönlichkeit dazu. Es ist eine Weiterentwicklung, ein Geschenk. An das habe ich vorher viele Jahre nicht mehr geglaubt. Hatte es nicht für möglich gehalten."

Sie legte ihre Arme um seinen Nacken. „Und alles nur, weil einmal ein kleines Mädchen eine tote Eidechse beerdigen wollte. Dieses Märchen könnte aus *Tausendundeine Nacht* stammen."

Vier Jahre später ...

Auch Hanneh hatte es abgelehnt, wegen eines eigenen Zimmers in ein größeres Haus zu ziehen, weshalb der Plan eines Anbaus verwirklicht wurde. Die Zeit, in der *Mitsch* auf dem Sofa schlafen musste, gehörte damit der Vergangenheit an.

Hanneh besuchte das Gymnasium in *Durlangen*, und Dilara hatte den Führerschein erworben, damit nicht immer *Mitsch* ihre Tochter zur Schule fahren musste, wenn das Wetter es nicht zuließ, dass Hanneh das Fahrrad nahm.

Dilara und *Mitsch* saßen in zweiter Reihe der vollbesetzten Europahalle in *Karlsruhe* und warteten auf den Beginn des Musikwettbewerbs *Jugend musiziert* auf Landesebene. Hanneh hatte im Vorlauf den Regionalwettberwerb in der Sparte „Klassische Gitarre" gewonnen. Sie sollte als vierte Solistin an die Reihe kommen.

Sie hatte, nachdem sie dem Kinderinstrument entwachsen war, *Mitschs* Gitarre *geerbt*, die *Meister-*

gitarre der Gitarrenbaufirma *Hopf*. Hanneh hatte ihn in Technik und Virtuosität längst überholt, und er fand das wertvolle Instrument ihrer würdig.

Die ersten drei Auftretenden legten die Messlatte bereits sehr hoch, und *Mitsch* war nicht sicher, ob deren Vorträge überhaupt noch zu überbieten sein könnten. Man sah den Kindern die Konzentration, aber auch die Nervosität an. Nein, für *Mitsch* waren alle gleich gut. Er wüsste nicht, wen er hervorheben oder kritisieren könnte. Hanneh würde es schwer haben, ihr Ziel, den Bundeswettbewerb, zu erreichen.

Die Veranstaltung lief sehr durchorganisiert ab, fast mechanisch, technisch oder unpersönlich. Vielleicht war das so gewollt, um sich ausschließlich auf die Qualität zu beschränken und Emotionen oder Sympathien keinen Raum zu geben. Die jeweiligen jungen Künstler und Künstlerinnen wurden kurz vorgestellt, dann spielten sie ihre Pflichtprogramme, verbeugten sich, Beifall, und Abtritt.

Hanneh sprengte die Routine. Nachdem sie vorgestellt worden war, nahm sie, entgegen der Regel, kurzerhand das Mikrophon selbst in die Hand. Im Saal wurde es mucksmäuschenstill. *Mitsch* fragte sich, was sie vorhatte, und Dilara schaute ihn irritiert an.

„Entschuldigen Sie, dass ich vom Programm abweiche. Wie Sie gehört haben", sagte sie mit fester klarer Stimme, „stamme ich aus dem Irak. Ich bin ein Flüchtlingskind. Mein Vater ist dort gestorben." Zögernd legte sie eine kurze Pause ein.

„Aber mein Papa ist hier im Saal. Er hat mir die erste Gitarre geschenkt. Er hat mir das Spielen beigebracht. Ich spiele für ihn auf seiner Gitarre das erste Lied, das er vor fünf Jahren für eine kleine Eidechse und mich gesungen hat. Es heißt *Morning has broken* von *Cat Stevens*. Eine Improvisation. Danke."

Ein Raunen ging durchs Publikum. Dann fing Hanneh an zu spielen. Zuerst das schlichte Thema, die Melodie, die jedem Zuhörer im Saal geläufig war. Dann aber flogen Hannehs Finger in einer Geschwindigkeit über die Bünde und Saiten, nutzten die ganze Länge des Griffbretts, dass die Töne wie eine Kette Champagnerbläschen hervorperlten, ähnlich einem Harfenspiel, sich prickelnd in die Luft erhoben, sich zur Melodie zusammenfügten, um sich von Strophe zu Strophe in fulminanten Variationen zu steigern, und am Ende wie der Meeresschaum einer Brandung am Kieselstrand auszulaufen. Der einsetzende Beifall wollte nicht enden, und selbst als Hanneh sich verbeugt und die Bühne verlassen hatte, klatschten die Zuhörer noch. Vereinzelt erschollen Bravo- und Zugaberufe.

Dilara und *Mitsch* waren zu Tränen gerührt.

Nach ihr traten noch einige Gitarristen auf, die durch die Bank alle sehr gut waren, bis das Ergebnis der Jury bekanntgegeben wurde. Hanneh wurde *nur* auf einen dritten Rang gesetzt, weil sie vom vorgeschriebenen Programm abgewichen war. Für Technik und souveräne Ausführung aber erhielt sie die meisten Punkte.

„Warum hast du nicht die Stücke gespielt, die von der Jury verlangt worden waren?", wurde sie nach der Preisverleihung von einem Journalisten gefragt. „Du hättest gewonnen."

„Mein Gewinn ist ein anderer", antwortete sie. „Heute war der Tag, an dem ich davon etwas zurückgeben konnte."

Dann lief sie zu Mama und Papa.

Weitere Bücher von Peter Siefermann im Twentysix-Verlag.

„Zwölfeinhalb Bären, oder wie die Bären nach Waldulm kamen."
ISBN: 9783740711917

„Das große Spiel, oder mit Lachdatte, Mängehatte und Poklapier."
ISBN: 9783740727451

„Tierisch-menschliches in Lyrik und Prosa."
ISBN: 9783740714000

„Drei Männer, zwei Boote, ein Fluss und der Blues."
ISBN: 9783740712952

„Teddor."
ISBN: 9783740729400

„Aus der Sicht des Pumas"
ISBN: 9783740731625

„Die Sachenfinderin"
ISBN: 9783740733674

Kriminalromane von Pit Ferman im Twentysix-Verlag.
aus der Edgar-Schaaf-Krimireihe.

„Schaafswinter."
ISBN: 9783740727550

„Schaafssturm."
ISBN: 9783740713454

„Schaafshammer."
ISBN: 9783740731533

„Schaafsgold und der ungelesene Autor"
ISBN: 9783740743277

Alle Bücher sind auch als E-Book erhältlich.

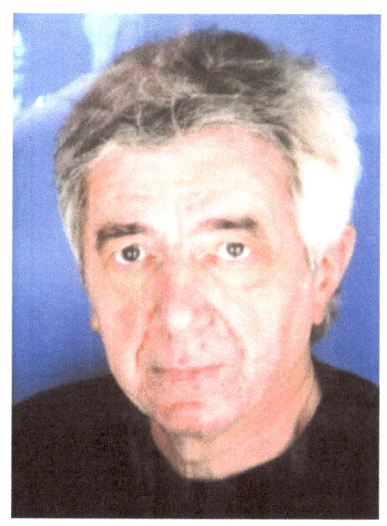

Peter Siefermann wurde 1953 in Kappelrodeck im Land Baden-Württemberg geboren. Er lebte über dreißig Jahre in Basel in der Schweiz und arbeitete für ein deutsches Transportunternehmen. Nach Versetzung in den Ruhestand zog er mit seiner Ehefrau nach Deutschland zurück.
Peter Siefermann ist Vater zweier Kinder, die beide in der Schweiz leben.